Hartmut Lange

Eine andere Form des Glücks

Diogenes

Umschlagillustration:
Christian Schad, ›Maika‹, 1929

*Dieses Buch wurde durch den
Deutschen Literaturfonds e.V. gefördert
Besonders bedanke ich mich für
die Mitarbeit meiner Frau*

10/99/8/2
ISBN 3 257 06211 7

1

Christian Kippenberger befand sich nun schon die dritte Woche auf dem Luxusdampfer, der die mexikanische Bucht ansteuerte, und es gefiel ihm, daß Corinna immer noch so gleichmütig war.

›Ja, gleichmütig‹, dachte Kippenberger. ›Die Gegend scheint keinen Eindruck auf sie zu machen‹, und er wunderte sich, daß er selbst immer noch darauf aus war, alles, was er an diesem Morgen vor Augen hatte, ausnehmend schön zu finden. Sicher, das Meer wechselte in einer mäßigen Wellenbewegung ständig die Farbe. Mal war da ein helles, verwaschenes Grün, dann alles tiefblau. Auch etwas Rötlichgelbes schien Kippenberger zu entdecken. Es waren Flecken, die ständig irrlichterten.

›Es wird die Sonne sein‹, dachte er und fuhr sich mit der flachen Hand über den Kopf. Er hatte seine Schirmmütze vergessen. ›In einer Stunde‹, dachte er, ›wird hier alles unerträglich heiß sein.‹ Aber er war zu bequem, in die Kajüte zurückzugehen, nahm statt dessen den Fotoapparat auf, der ihm an einem Lederriemen am

Hals hing, und er machte zum soundsovielten Male Aufnahmen: Von der Kommandobrücke, von den Palmkübeln, die man überall aufgestellt hatte, von der Bar mit den Tischen und den Korbsesseln und von den Liegestühlen am Swimmingpool. Und vor allem war es ihm wichtig, Corinna zu fotografieren. Ja, Corinna, die sich eben erhoben hatte. Sie stieg die wenigen Stufen in das gechlorte Becken, schwamm einige Runden, verschwand in der Duschkabine. Dort blieb sie merkwürdig lange. Kippenberger sah ihre Füße, die sich ständig bewegten. Endlich stieß sie die Wipptür auf, kehrte zum Stuhl zurück, legte sich, die Arme unterm Kopf verschränkt, wieder hin und schloß die Augen.

›Das ist das Glück‹, dachte Kippenberger.

Vor dem Mittagessen saß er am Klapptisch seiner Kajüte und schrieb einen Brief:

»Lieber Rainer, Du kannst Dir nicht vorstellen, wie unbeschwert die Tage hier sind. Und wenn Corinna neben mir sitzt ... Erinnerst Du Dich, wie wir einmal bei leichtem Wind auf der Ostsee segelten, absichtslos und ohne Ziel, und wie wir uns einig waren, es möge immer so weitergehen? So ungefähr fühle ich mich jetzt. Zwei Wochen noch, dann sind wir wieder in Schmargendorf. Wie geht es Deinem kaputten Knie? Ich grüße Dich! Christian.«

Dieser Brief war an seinen Freund Dahlhaus gerichtet, und drei Wochen später, es war Mitte Februar, traf man sich in dessen Wohnung. Dahlhaus und Lore hatten Corinna und Kippenberger zum Essen eingeladen, und bevor man sich an den Tisch setzte, nahm Kippenberger seinen Freund zur Seite.

Er zog einen Packen Fotografien hervor, die er vor Dahlhaus ausbreitete, mit einer Miene, als wäre dies von äußerster Wichtigkeit. Es waren jene Aufnahmen, die er mit der Kamera während der Kreuzfahrt in die Karibik gemacht hatte, und es war unverkennbar, daß sie überbelichtet waren. Genauer: Ein roter Streifen, der von links nach rechts breiter wurde, verwischte die Konturen.

»Die Kamera war nicht geschlossen«, sagte Dahlhaus.

»Unsinn. Sie war geschlossen.«

»Dann muß sie undicht gewesen sein«, beharrte Dahlhaus.

Aber Kippenberger ging nicht weiter darauf ein.

»Hier«, sagte er und wies auf eine Stelle, die besonders unkenntlich war, »hier«, sagte er, »haben wir zusammen gesessen«, und Dahlhaus sah auf ein Frühstücksbuffet, auf vollbesetzte Tische. Nur sie, Kippenberger und Corinna, auf die der Freund offenbar mit dem Finger wies, ja, ausgerechnet sie waren unter dem roten Streifen nicht zu erkennen.

Lore, die mit Corinna den Tisch gedeckt hatte, rief den beiden etwas zu, und da sie immer noch im Nebenzimmer beschäftigt waren, wurde sie energischer. Man setzte sich, lobte das Essen. Es gab gebackene Auberginenscheiben, darauf Krabben und Oliven. Danach Kalbsbraten mit Nudeln und einer Senfsoße. Als Dessert gab es Zitroneneis, und Lore mußte Dahlhaus immer wieder ermahnen, Wein nachzuschenken. Sie bedauerte, daß Corinna nur mit mäßigem Appetit aß. Das heißt: Corinna schnitt, was sie auf dem Teller hatte, umständlich in kleine Stücke, und es dauerte eine Weile, ehe sie einen Bissen in den Mund nahm. In tadelloser Haltung saß sie da, hörte zu, wie Kippenberger von der gemeinsamen Reise schwärmte, und Kippenberger, dies fiel auf, trank innerhalb kurzer Zeit das vierte Glas Rotwein.

»Mit Corinna verreisen, das ist das Glück«, versicherte er, und Corinna ließ alles unerwidert.

»Wir werden auch einmal eine Kreuzfahrt in die Karibik versuchen«, sagte Lore schließlich.

Dann erhob man sich, nahm die Weingläser mit an den Nebentisch. Dahlhaus öffnete einen Holzkasten, griff nach dem Kartenspiel, das er kräftig mischte. Man spielte Bridge.

2

Dahlhaus war ein angesehener Zahnarzt, beinahe eine Berühmtheit. Er hatte Patienten, die aus Hamburg oder Stuttgart zu ihm kamen, auch wurde gemunkelt, daß er reiche Kundschaft aus dem Nahen Osten behandelte, und er unterhielt mit Lore eine Gemeinschaftspraxis. Kippenberger ließ sich ungern von ihm behandeln. Er wußte, daß Dahlhaus immer nur die Hälfte des üblichen Honorars in Rechnung stellte, und es war ja auch nichts weiter. Hin und wieder eine Durchsicht, Zahnstein mußte entfernt werden, an den Schneidezähnen gab es winzige Bruchstellen.

»Du knirschst nachts mit den Zähnen«, sagte Dahlhaus und schlug vor, einen Plastikschutz zu benutzen.

Kippenberger lehnte ab, sah auf eine moderne Collage, die an der Wand angebracht war. Es war eine Schaufel, in Zement eingegossen, der Stiel ragte ins Zimmer hinein, und Kippenberger unterließ es, sich nach dem Namen des Künstlers zu erkundigen. Mit weit geöffnetem Mund saß er da. Dahlhaus überzog die feinen Risse an den Zähnen mit einer weißen Paste, stellte die Uhr ein, und nach fünf Minuten, er hatte Kippenberger allein gelassen, hörte man ein Rasseln. Dahlhaus kam zurück, und nun hantierte er mit einer Art Föhn, offenbar um die Paste mit heißer Luft zu härten.

»Fertig«, sagte er schließlich, begleitete den Freund in die Garderobe, wo sie noch einige Augenblicke miteinander plauderten. Kippenberger kam auf die Kreuzfahrt in die Karibik zurück. Er wollte etwas Bestimmtes sagen, konnte sich jedoch nicht entschließen.

»Es war doch aber schön«, sagte Dahlhaus.

»Ja, ja«, antwortete Kippenberger. »Und doch kommt es mir vor, als wäre es nie gewesen.«

Dahlhaus ging ins Nebenzimmer. Man hörte einen Wortwechsel. Er schien sich bei einem Patienten, den er hatte warten lassen, zu entschuldigen.

»Ich halte dich von der Arbeit ab«, sagte Kippenberger, als der Freund ihn verabschiedete, und er war froh, daß ihm Dahlhaus diesmal nicht, wie er es gewohnt war, hinterhersah, sondern sofort, kaum daß er das Treppenhaus betreten hatte, die Tür in seinem Rücken schloß.

3

Christian Kippenberger war Statiker, und er hatte seinem Freund Dahlhaus beim Ausbau der Maisonettewohnung geholfen, jener Wohnung, die in der Nähe vom Roseneck lag. Westlich vom Roseneck begann, so jedenfalls im Selbstverständnis der Anwohner, bereits die freie Natur, und die Häuser wirkten, als würden sie den Übergang zum Grunewald lediglich ausdünnen. Überall riesige Buchen oder Eichen, die Gärten vollgestopft mit nachwachsendem Nadelgehölz, aber vor allem die Kiefern, die mit ihren Kronen die Dächer überragten, vermittelten den Eindruck, jene Landschaft, die Leistikow gemalt hat, befände sich in unmittelbarer Nähe.

Und so war es auch: Dahlhaus und Lore mußten, wenn sie einen Spaziergang machen wollten, lediglich die Hagenstraße entlanggehen, bis sie den Wildpfad erreichten, und dahinter, über die Griegstraße hinaus, begann schon das Hundekehlefenn, dessen geschotterter Weg auf den Grunewaldsee zuführte. In der Griegstraße kamen sie an Kippenbergers Bungalow vorbei, und wenn sie nicht klingelten, sahen sie wenigstens über die Taxushecke hinweg in den Garten. Hier gab es nur wenige Birken, in der Mitte ein von Rhododendronsträuchern umstandenes Geviert mit einer Art Laube, und weiter hinten hatte man Gestrüpp beseitigt, das zu Haufen aufgeschichtet und zum Verbrennen bestimmt war. Das Grundstück war langgestreckt und der Ausgang zur Spohrstraße war verschlossen. Eine rostige Eisenkette hing an dem zweiflügligen Tor, auf den gemauerten Pfosten standen Putten, denen man die Arme abgeschlagen hatte. Im Winter war alles kahl, es roch nach modrigem Laub, aber Ende April, spätestens nach der ersten Maiwoche schossen hier Anemonen wie Unkraut aus der Erde.

»Ihr habt neuerdings Spaß an eurem Grundstück?« fragte Dahlhaus.

»Corinna hat den Gärtner bestellt«, antwortete Kippenberger.

Sie hatten Tee getrunken, der Rest in den Tassen war kalt. Sie saßen vor der Fensterfront, die auf den Garten hinausging, sahen den Frauen zu. Corinna führte Lore in dem Geviert herum, zeigte auf den Rasen, der mit Krokussen übersät war, und irgendwann, sie hatten sich in ein Gespräch vertieft, verschwanden sie in der Laube.

»Du hast dein Büro aufgelöst?«

»Allerdings.«

Und nun sprach Kippenberger davon, wie unmöglich es sei, in dem Bauboom, der die Berliner Innenstadt beherrschte, mitzuhalten.

»Sie nehmen international bekannte Namen und lassen die Berechnungen im Fernen Osten herstellen. Und zu Preisen! Davon kann ich keine Mitarbeiter bezahlen«, sagte Kippenberger, und er versicherte, daß er sich in seiner neuerlichen Zurückgezogenheit nicht unwohl fühlen würde. »Ich habe genug verdient«, sagte er. »Hin und wieder ein kleiner Auftrag, das erledige ich selbst. Dieses Jahr werde ich neunundfünfzig und mehr habe ich dazu nicht zu sagen.«

Dabei sah er in Richtung Laube, und Dahlhaus glaubte zu spüren, daß er unruhig wurde. Vielleicht, weil die beiden Frauen, die eben noch auf dem Rasen hin- und hergegangen waren, jetzt allzulange in der Laube saßen, wo man sie nur schemenhaft erkennen konnte. Man sah das Rot der Strickjacke, das war Lore, aber wo Corinna war, sie trug einen dunklen Mantel, dies konnte man durch das Gitter hindurch nicht erkennen.

Die Männer schwiegen und plötzlich sagte Kippenberger:

»Ich werde Corinna heiraten. Immerhin haben wir so etwas wie Flitterwochen miteinander verlebt.« Und wieder beteuerte er, daß ihm die Zeit, die er mit Corinna auf dem Luxusdampfer verbracht hatte, nicht mehr ganz gegenwärtig sei.

»Wir hatten Port-au-Prince verlassen, saßen an der Bar. Ich war müde«, sagte Kippenberger. »Irgendwann gingen wir gemeinsam zur Kabine. Ich kehrte um, weil sie ihr Halstuch vergessen hatte, und Minuten später, ich hatte mich beeilt, um sie nicht warten zu lassen, war Corinna verschwunden.«

»Was meinst du damit?« fragte Dahlhaus.

»Ja, wenn ich das wüßte! Ich bin«, sagte Kippenberger, »in dem engen Flur auf- und abgegangen, habe wohl auch nach ihr gerufen, und natürlich macht man sich Gedanken. Völlig unmöglich, daß sie jemanden getroffen haben könnte. Sie hätte es mir gesagt, und wenn nicht, wer ist schon so geschickt, zwischen Tür und Angel, sozusagen unter den Blicken des anderen, zu verschwinden.«

»Und weiter?«

»Ja, weiter nichts«, sagte Kippenberger. »Als ich die Tür zur Kajüte aufmachte, war sie wieder da.«

»Dann ist sie vor dir hineingegangen.«

»Unmöglich, sie hatte keinen Schlüssel.«

Kippenberger biß sich auf die Lippen. Er bemerkte sehr wohl, wie unwahrscheinlich, ja, albern dies alles auf seinen Freund wirken mußte.

»Ich dürfte gar nicht darüber reden«, sagte er. »Schließlich sind es Dinge, die nur mich und Corinna etwas angehen.«

Und doch versicherte er, daß er das Gefühl nicht loswerden könne, Corinna würde sich ihm auf eigenartige Weise entziehen.

4

Tage später bat Dahlhaus Kippenberger darum, einige Bekannte aus Frankreich durch die Innenstadt zu führen, dorthin, wo seit Jahren ununterbrochen gebaut wurde, und so fuhr man zu sechst bis zur Philharmonie. Dort gab es genügend Parkplätze und man befand sich in unmittelbarer Nähe zum Potsdamer Platz. Der Anblick war imposant. Unübersehbare Baugruben, ein Gewirr von riesigen Kränen, überall Wohncontainer, umstanden von aufgetürmtem Material: Eisenstangen, Kabeltrommeln, Wände für die Verschalungen und natürlich Erde und Bauschutt, die ununterbrochen auf Lastwagen verladen wurden. Zunächst erklärte Kippenberger das Areal, das dem Sonykonzern gehörte. Hier hatte man die ersten Armierungen für den Beton geflochten.

»Wie tief schätzt du das Ganze?« fragte Dahlhaus.

»Gute fünfzehn Meter.«

»Und warum bricht kein Grundwasser ein?«

»Es wird abgepumpt«, sagte Kippenberger und zeigte auf Röhren, die in Richtung Tiergarten verlegt waren.

Als sie auf der Brücke standen, die die Grenze zum Leipziger Platz bildete, schwebten sie über einem Abgrund, vor dem man lediglich durch ein Geländer gesichert war.

»Hier entsteht ein Regionalbahnhof«, sagte Kippenberger, und es fiel auf, daß er sich nicht, wie die anderen, über das Geländer beugte.

»Bist du nicht schwindelfrei?« fragte Dahlhaus.

»Doch, doch«, sagte Kippenberger und ließ es bei dieser Antwort bewenden.

Die Franzosen waren begeistert, versuchten aus Übermut, die Anzahl der Kräne zu bestimmen.

»Ich schätze an die fünfzig«, sagte Kippenberger, ging weiter, und da die anderen, immer noch gebannt von dem Anblick in die Tiefe, auf der Brücke blieben, verlor man für kurze Zeit den Kontakt zueinander.

Dahlhaus führte seine Gäste zum Informationsstand, und nachdem sie die Eintrittskarten für die Aussichtsplattform gelöst hatten, nachdem sie die stählerne Treppe hinaufgegangen waren, kam ihnen Kippenberger entgegen.

»Es zieht hier oben«, sagte er und wies auf seinen Mantelkragen, den er hochgeschlagen hatte.

Und tatsächlich: Unten, zwischen den Baugruben und Kränen war es windstill, hier oben beinahe stürmisch, so daß alle Mühe hatten, Kippenberger, der ihnen den Grundriß der Bauvorhaben erklärte, zu verstehen.

»Ihr müßt entschuldigen!« rief er zuletzt. »Mir ist es hier oben zu ungemütlich.«

Wenig später saßen sie im Café Einstein, und die Franzosen bestanden darauf, daß es aufregend sein müsse, an dem Aufbruch dieser Stadt beteiligt zu sein. Kippenberger winkte ab.

»Mich hat das Ganze ruiniert«, sagte er, hatte keine Lust, sich näher zu erklären. Statt dessen sah er aus dem Fenster und beobachtete die Passanten.

Draußen erhob sich, und wie es schien unvermittelt, ein Lärm. Zuerst war es ein Gewirr von Stimmen, dann hörte man Trillerpfeifen, zuletzt das Hupen von Autos. Der Lärm kam näher, wurde aufdringlicher, aber man sah nichts, und während man noch darauf wartete, daß sich ein Demonstrationszug an den Fenstern des Cafés vorbeibewegen würde, brach plötzlich wie auf Kommando alles ab. Statt dessen eine Stimme aus dem Megaphon, heiser und aufgeregt, die sich allmählich entfernte, und nachdem für Sekunden so etwas wie Stille entstanden war, hörte man wieder den Verkehr.

5

Ende März, der Gärtner war damit beschäftigt, die Reisighaufen zu verbrennen, Corinna kniete am Rand des Gevierts und setzte Stiefmütterchen ein, Ende März stand Kippenberger auf der Terrasse und überlegte, ob er Corinna, die nur mit Cordhose und T-Shirt bekleidet war, ob er ihr, die Luft war kalt, es hatte die Nacht über Frost gegeben, nicht vorsichtshalber eine Jacke bringen sollte. Auch wollte er sagen, daß es möglicherweise zu früh sei, die Stiefmütterchen in den Boden zu setzen. Man sah überall Rauhreif. Er war versucht, ihr ein paar Worte zuzurufen, unterließ es aber, um sie nicht zu erschrecken, und als er in der Garderobe war, nahm er ihren schwarzen Mantel vom Bügel, legte sich selbst den dicken Schal um. Er öffnete die Terrassentür, und hier schon spürte er den beißenden Rauch, der von den brennenden Haufen aufstieg. Als er die breite Treppe, die in den Garten führte, erreichte, war ihm die Sicht genommen. Dichte, hellgraue Schwaden schlugen ihm entgegen, so daß er erst einmal, mit den Händen den Rauch abwehrend, zu dem Gärtner ging, der mit einer

Art Heugabel das nasse Reisig immer wieder anhob, um der Glut Sauerstoff zuzuführen.

»Wie lange dauert es noch?« fragte Kippenberger.

Der Gärtner zuckte mit den Achseln. Kippenberger gab zu bedenken, ob es nicht leichtsinnig sei, bei dem Bodenfrost Stiefmütterchen zu pflanzen.

»Stiefmütterchen«, wiederholte er und wies, da der Gärtner offenbar nicht verstand, was er meinte, in Richtung auf den Rasen, dorthin, wo er Corinna eben noch beim Pflanzen beobachtet hatte. Und waren es nun die Rauchschwaden, die ständig die Richtung wechselten, oder war es, weil Corinna kniete und dadurch von der Laube oder einem Strauch verdeckt wurde, Kippenberger konnte sie von hier, von dem brennenden Haufen aus, nicht entdecken. Also ging er zum Rasen, dessen rechter Rand frisch umgegraben war.

»Ich bringe dir deinen Mantel«, wollte er sagen, denn hier war es schließlich, wo Corinna, eine flache Kiste hinter sich herziehend und als wären die Löcher schon vorbereitet, mit raschen Bewegungen die Setzlinge auf das Beet verteilt hatte. Aber jetzt war da niemand, und Kippenberger starrte, nachdem er sich vergewissert hatte, daß Corinna auch nicht in der Laube war, auf die umgegrabene Erde. Er sah weder Löcher noch eingepflanzte Stiefmütterchen, keine Spur von der Kiste mit den Setzlingen. Nur ein großer Löffel lag da, ein Löffel, den jemand, wer sonst als Corinna, aus der Küche mit hierhergebracht haben mußte.

»Wo ist meine Frau?« fragte Kippenberger den Gärtner, der ihm gefolgt war.

Dem verständnislosen Blick, den dieser ihm zuwarf, wich er aus. Er ertappte sich dabei, wie er die Kleidung des Gärtners musterte. Das heißt, er sah auf die Schuhe, bemerkte den blauen Overall, dessen Reißverschluß bis zur Hüfte offenstand, und er sah die Schirmmütze mit der Aufschrift HERTZ-Autovermietung.

»Wo ist meine Frau?« wiederholte er und ging, ohne eine Antwort abzuwarten, in Richtung auf das Haus zurück, und als er wieder auf der Terrasse war, als er durch die angelehnte Tür hindurch die Leiter sah, auf der Corinna balancierte, sie hatte einige Bücher auf die oberste Stufe gelegt, um besser an die Gardinenstange heranzukommen, als es erwiesen war, daß er sich geirrt hatte, daß Corinna, statt draußen Stiefmütterchen zu pflanzen, im Haus mit den Vorhängen beschäftigt war, ließ er es ruhig gelten.

»Wie leicht man sich irrt«, sagte Kippenberger am Abend, als Corinna ins Schlafzimmer trat. Er lag schon im Bett. »Selbst auf die allerbesten

Augen ist kein Verlaß mehr. Stell dir vor«, sagte er, »ich habe gesehen, wie du am Nachmittag im Garten Stiefmütterchen gepflanzt hast, aber in Wirklichkeit warst du auf der Leiter, um die Vorhänge zurechtzurücken.«

Dies sagte er, und da er den Eindruck gewann, Corinna hätte nicht zugehört, sie stand vor dem Spiegel, löste die Nadeln in ihrem Haar, kam er darauf zurück. Das heißt, er sprach darüber, wie unsinnig seine Annahme gewesen sei, man könne jetzt, da immer noch Bodenfrost herrschte, irgendwelche Blumen pflanzen.

»Das einzige war der Löffel. Der Löffel«, wiederholte Kippenberger. »Der lag tatsächlich auf der umgegrabenen Erde, und es sah aus, als hätte man ihn benutzt.«

»Wozu?«

»Na, zum Stiefmütterchenpflanzen«, sagte Kippenberger und war bereit, mit Corinna über diese Bemerkung wie über einen Witz zu lachen.

Er war erleichtert, daß es ihm gelang, über die Ungereimtheiten, die er am Nachmittag erlebt hatte, nicht weiter nachzudenken. Sicher, es blieb merkwürdig, daß er Corinna im Garten gesehen hatte.

›Andererseits waren da diese Rauchschwaden‹, dachte Kippenberger, ›die mir immer wieder die Sicht genommen haben.‹

Mitte April bemerkte Corinna, daß Kippenberger irgend etwas vorbereitete. Er war öfter in ihrem Zimmer, schien etwas zu suchen, fragte sie nach ihrer Geburtsurkunde, bat sich für einen Tag ihren Personalausweis aus, wollte aber nicht sagen, was er damit vorhatte.

»Falls du mich vermißt, ich bin wieder im Rathaus Schmargendorf«, las Corinna auf einem Zettel, den Kippenberger auf den Küchentisch gelegt hatte, und als er zurückkam, als er sah, daß sie den Zettel zur Seite geschoben und also zur Kenntnis genommen hatte, lächelte er und schien darauf zu warten, daß sie endlich Fragen stellen würde.

Aber Corinna schwieg, und auch jenes gelbe Kästchen, das ihr Kippenberger neben den Serviettenring gelegt hatte, ließ sie unbeachtet.

»Bist du nicht neugierig?« fragte er.

»Nein«, sagte Corinna, und bevor sie die Serviette aufnahm, schob sie das Kästchen mit dem Zeigefinger der linken Hand über die Tischplatte hinweg bis an den Rand des Tellers.

Sie hatten sich Spargel gekocht, dazu neue Kartoffeln, und Kippenberger kam es vor, als wäre es Corinna unangenehm, den Spargel mit den Fingern zu essen. Immer wieder griff sie zur Serviette und nachdem sie aufgestanden war, um noch einige Scheiben Brot zu holen, schob er ihr das Kästchen, das neben dem Teller lag, wieder zu, bemerkte, daß er fettige Spuren hinterlassen hatte, und wie, als müsse er diese Unachtsamkeit auf der Stelle ungeschehen machen, rieb er mit dem Handballen darüber hinweg.

Nachdem sie den Tisch abgeräumt hatten, lag das Kästchen immer noch da, aber am Morgen, ja, am nächsten Morgen, endlich, war es verschwunden, und Kippenberger glaubte, daß es nun keine Gründe mehr gab, aus seiner Absicht ein Geheimnis zu machen.

»Jetzt ist es soweit, Corinna und ich werden heiraten«, sagte er am Telefon. »Die Trauringe haben wir schon ausgetauscht«, fügte er hinzu, ohne die Antwort des Freundes abzuwarten.

Dabei sah er, wie Corinna, die sich zum Friseur angemeldet hatte, die Tür ihres kleinen Volvos hinter sich zuschlug. Sie wendete den Wagen, was auf der engen Straße schwierig war, und warum sie, bevor sie losfuhr, für einige Augenblicke stehenblieb, konnte Kippenberger nicht erkennen.

›Vielleicht kramt sie in ihrer Handtasche‹, dachte er, und als sich Dahlhaus nach dem Termin der Hochzeit erkundigte, nannte er den 10. Mai.

Dann, ohne sich um die Glückwünsche des anderen weiter zu kümmern, legte er den Hörer wieder auf. Er sah, wie Corinna Gas gab, wie der kalte Motor weiße Wolken aus dem Auspuff stieß und wie sie, nachdem sie in die Seitenstraße eingebogen war, verschwand.

6

Am 10. Mai war strahlendes Wetter. Die Kastanien hatten ausgetrieben, und es war warm, so daß Dahlhaus ohne Mantel vor dem Schmargendorfer Rathaus erschienen war und Lore trug ihr fliederfarbenes Kostüm. Sie warteten in der Vorhalle, suchten nach dem Schaukasten, in denen die Termine für die Hochzeiten ausgehängt waren, und hier schon runzelte Dahlhaus, nachdem er den Kasten endlich entdeckt hatte, die Stirn. Fünf Paare, er fuhr mit dem Finger über die Namensliste, fünf Paare waren da in der Zeit zwischen zehn und zwölf Uhr aufgeführt, aber es fehlte der Name Kippenberger, und auch Corinna konnte man nirgends entdecken.

»Sie werden die letzten sein. Er hat uns für halb zwölf bestellt«, sagte Dahlhaus, und als eine Gruppe, die Braut hatte einen Strauß Maiglöckchen in der Hand, die Treppe, die zum Standesamt führte, hinaufging, war er versucht, ihnen zu folgen.

Lore hielt ihn zurück, und so warteten sie in der zugigen Halle, kämpften gegen ein Gefühl von Nervosität.

»Es ist gleich zwölf«, sagte Dahlhaus, als die Gruppe mit dem jungen Paar wieder auftauchte. Man war ausgelassen, hatte die Maiglöckchen unter sich aufgeteilt. »Es ist zwölf«, wiederholte Dahlhaus und ging, Lore machte ihm ein Zeichen, daß sie in der Vorhalle bleiben würde, in die erste Etage hinauf. Aber bevor er sich danach erkundigen konnte, ob noch eine weitere Trauung vorgesehen war, hörte er Kippenbergers Stimme.

»Wo bleibt ihr!« rief Kippenberger. »Wir sitzen seit einer Stunde im Four Seasons und warten auf euch!«

Er hatte Dahlhaus auf dem Flur der Etage eingeholt, war außer Atem, bestand darauf, sofort in die Innenstadt zu fahren. Er bezahlte das Taxi, mit dem er gekommen war. Dahlhaus holte seinen Wagen, den er einige Querstraßen entfernt geparkt hatte. Wortlos und mit dem Gefühl, sich beeilen zu müssen, stiegen sie ein, und auch Lore, die sonst kaum einzuschüchtern war, machte, als sie neben Kippenberger auf dem Rücksitz saß, keinen Versuch, über dessen sonderbares Verhalten zu reden.

Oder hatten sie sich, was den Termin der Trauung anging, geirrt? Waren sie zu spät gekommen? Ja, was hinderte Lore daran, da das Mißverständnis offensichtlich war, Kippenberger einfach danach zu fragen! Statt dessen schwiegen sie hartnäckig. Dahlhaus bemühte sich, nicht zu schnell zu fahren, und Lore sah aus den Augenwinkeln, daß Kippenberger statt der üblichen Krawatte eine dunkelrote Fliege trug. In der Jackentasche steckte ein seidenes Tuch, und ob er den Ring am Finger hatte, dies konnte sie, da Kippenberger die Hände verschränkt hielt, nicht erkennen.

Sie erreichten die Tiergartenstraße, mußten umkehren, die Zufahrt zum Potsdamer Platz war gesperrt, und es war unverkennbar, daß Dahlhaus, der einen erneuten Umweg über den Großen Stern nahm, allmählich ärgerlich wurde. Nochmals eine rasche Fahrt über die Straße des 17. Juni auf das Brandenburger Tor zu, und hier, obwohl rechts und links Bauzäune aufragten, war plötzlich alles offen. Hinter dem Hotel Adlon begann ein mehrmaliges Herumkurven auf Nebenstraßen, erst am hinteren Eingang der Russischen Botschaft, dann an der Komischen Oper vorbei, und nachdem sie in die Französische Straße eingebogen waren, suchte Dahlhaus nach einem Parkplatz.

Kippenberger ging einige Schritte voraus. Sie mußten, um zum Four Seasons zu gelangen, die Straßenseite wechseln. Auch hier waren die Gehwege aufgerissen. Lore achtete darauf, nicht in den Bauschutt zu geraten. Dahlhaus fühlte in seiner Hosentasche nach dem Geschenk, das er Corinna überreichen wollte.

»Schön, daß wir endlich zusammen sind«, sagte Kippenberger und wies, nachdem ein Angestellter ihnen die Tür geöffnet hatte, in Richtung auf das Restaurant.

»Darf man gratulieren?« fragte Lore, als sie an Kippenberger vorbeiging. »Darf man gratulieren?« wiederholte sie, konnte aber ihre Verlegenheit nicht verbergen.

Direkt am Fenster, an einem gedeckten Tisch, saß Corinna, neben ihr eine hagere, überaus blaß wirkende Gestalt, die sich augenblicklich erhob.

»Ich möchte euch Corinnas Bruder vorstellen«, sagte Kippenberger.

»Angenehm«, sagte Dahlhaus.

Man gab sich die Hand. Der Kellner brachte einen Apéritif. Die Stühle wurden zurechtgerückt. Alle setzten sich und studierten die Karte mit dem Menu.

»Haben wir etwas falsch gemacht?« fragte Lore.

Niemand antwortete.

Dahlhaus erhob sein Glas. Er wollte ein paar feierliche Worte sagen, wirkte aber unentschlossen. Kein Wunder, schließlich hatte man ihn und Lore als Trauzeugen bestellt, um sie ohne ein Wort der Erklärung gleich hierher ins Four Seasons, sozusagen an den Hochzeitstisch, zu holen.

»Seid ihr nun verheiratet oder nicht?« wollte Dahlhaus fragen, glaubte aber, daß er kein Recht hätte, über etwas, worüber die anderen hartnäckig schwiegen, Auskunft zu verlangen. Es war immerhin möglich, daß Kippenberger sich für andere Trauzeugen entschieden hatte, und da Dahlhaus nicht wußte, was in der Zeit, in der er mit Lore im Rathaus Schmargendorf gewartet hatte, tatsächlich geschehen war, ließ er es bei einigen Höflichkeitsfloskeln bewenden. Er gratulierte Corinna und Kippenberger zu dem gelungenen Arrangement.

»Ein schönes Ambiente habt ihr euch ausgesucht«, sagte er und überreichte Corinna, ohne zu erwähnen, aus welchem Anlaß dies geschah, das kleine Geschenk.

Am selben Tag, es war kurz vor Mitternacht, klingelte in der Maisonettewohnung das Telefon. Lore war dabei, sich im Bad abzuschminken, Dahlhaus las die Zeitung. Zunächst ließen sie es unbeachtet, dann erhob sich Dahlhaus, schloß die Badezimmertür. Er ging zum Klavier, auf dem das Telefon stand und nahm den Hörer ab.

Lore hatte die Angewohnheit, solange sie im Bad beschäftigt war, das Wasser laufen zu lassen, und da auch die Tür geschlossen war, konnte sie nicht sagen, mit wem Dahlhaus sprach. Als sie zu Bett ging, hörte sie ihn immer noch reden, und eine halbe Stunde später, endlich, legte er den Hörer auf.

›Seine Geduld ist unerschöpflich‹, dachte Lore, aber schon stand Dahlhaus in der Tür zum Schlafzimmer und bat sie, das Licht wieder anzumachen.

»Es war Christian«, sagte er, und es fiel ihm offenbar schwer, obwohl er Lore neugierig gemacht hatte, zu sagen, aus welchem Grund der Freund angerufen hatte.

»Es gibt da gewisse Probleme.«

»Was für Probleme?«

»Corinna ist verschwunden«, sagte Dahlhaus, und zehn Minuten später, als auch er zu Bett ging, sah man die beiden miteinander reden, und es war unverkennbar, daß sie ratlos waren. Das heißt, Lore, die ihren Mann ungläubig ansah, versuchte etwas zu hinterfragen, und er, Dahlhaus, zuckte immer nur mit den Achseln. Irgendwann schaltete Lore die Nachttischlampe aus, Dahlhaus ging zum Fenster, das er einen Spalt breit öffnete. Er zog die Vorhänge zu. Ein starker Wind war aufgekommen, so daß man vom Garten her das Rauschen der Pappeln und Kiefern hörte.

7

Als Dahlhaus am nächsten Morgen am Bungalow in der Griegstraße klingelte, kam ihm Kippenberger entgegen, und es fiel auf, daß er den Freund, was doch nahe gelegen hätte, nicht ins Haus bat. Nein, er hakte sich bei ihm unter und führte Dahlhaus auf dem breiten Kiesweg hin und her, bis sie schließlich auf dem Geviert im Garten landeten.

»Danke, daß du gekommen bist«, sagte Kippenberger.

Er sprach davon, daß er nachts schlecht geschlafen hätte.

»Ich habe mir auf dem flachen Kopfkissen einen Wirbel verdreht«, sagte er und wies auf eine Art Halskrause, es war ein dicker Schal, den er im Nacken verknotet hatte. »Ein unangenehmer Schmerz«, versicherte er und führte den Freund an der Laube vorbei in den hinteren Teil des Gartens, dorthin, wo das Tor mit den Putten offenstand.

Eine Weile war er damit beschäftigt, den rechten Flügel in den Angeln, die eingerostet waren, zu drehen. Er bückte sich nach der Kette, die im

Gras lag, verzog vor Schmerzen das Gesicht, dann trat er auf die Spohrstraße hinaus und bedeutete dem Freund, ihm zu folgen. Als sie auf den Wald zuschlenderten, meinte Kippenberger, daß er vorhätte, das Tor mit den Putten abzureißen.

»Und das Grundstück muß neu eingezäunt werden«, sagte er. »Neulich hatten wir ein Wildschwein im Garten.«

Auf der mit Holzbohlen befestigten Treppe, die auf das Hundekehlefenn zuführte, gingen sie schweigend hintereinander her, und Dahlhaus war immer noch taktvoll genug, nicht danach zu fragen, warum ihn der Freund hierher, ja, ausgerechnet auf einen öffentlichen Spazierweg führte.

»Eigentlich wollte ich nicht lange bleiben«, sagte Dahlhaus.

Er bekam keine Antwort.

Kippenberger löste den Knoten im Nacken und begann umständlich den Schal zu ordnen. Er faltete ihn mehrmals der Länge nach und achtete, als er ihn wieder umlegte, darauf, daß er auch die Schultern bedeckte. Dies ging eine Weile, und Dahlhaus, der einige Schritte vorausgegangen war, kam sich überflüssig vor, hatte auch keine Lust, die Aufregung, die Kippenberger mit seinem gestrigen Telefonanruf verursacht hatte, nochmals zu erörtern.

Sie kehrten um, und Dahlhaus bemerkte, nachdem sie das Rasenstück wieder betreten hatten und an der Längsseite des Hauses auf die Tür im Zaun zugingen, er bemerkte, daß der Freund es auch jetzt vermied, ihn ins Haus zu bitten. Die Vorhänge an den Fenstern waren zugezogen.

»Ich melde mich wieder«, sagte Kippenberger bevor er die Tür zum Vorgarten schloß.

»Ja, wie denn«, fragte Lore, nachdem Dahlhaus in die Wohnung am Roseneck zurückgekehrt war. »Ihr habt über Corinna nicht gesprochen?«

»Kein einziges Wort«, sagte Dahlhaus, legte verärgert den Mantel ab. »Er hat mich spazierengeführt und leidet offenbar unter Muskelverspannungen.«

8

Der Berliner Grunewald ist viel zu berühmt, als daß man ihn nochmals beschreiben müßte, aber eine Eigenart dieser Gegend ist bisher unerwähnt geblieben. Der Spaziergänger, der nachts oder am späten Abend unterwegs ist, hat, wenn der Mond am Himmel zu sehen ist, Mühe, die Orientierung nicht zu verlieren. Das heißt, wenn er von der Koenigsallee her das Hundekehlefenn betritt und auf dem geschotterten Weg in Richtung auf den Grunewaldsee weitergeht, sieht er den Mond im Südosten an Höhe gewinnen. Birken und hochgewachsene Buchen erschweren die Sicht, aber es bleibt unverkennbar, daß jeder, der, wenn er den See erreicht hat und weiter auf das Jagdschloß zuwandert, den Mond immer nur zu seiner linken Seite sieht.

Irgendwann, wenn man das umzäunte Gebiet mit den morastigen Niederungen hinter sich hat, ist der Mond verschwunden. Man vergißt ihn und erst, wenn man denselben geschotterten Weg, also am Hundekehlefenn vorbei, zurück zur Koenigsallee geht, sieht man ihn wieder. Aber wo er eben noch, vor einer halben Stunde, auf der südöstlichen Seite des Himmels stand, steht er jetzt im Nordwesten. Verwundert hält man inne und versucht sich mit einem Blick zurück zu vergewissern, wie das möglich sein soll.

›Ich muß in einem Bogen gewandert sein‹, denkt man, aber dies würde, selbst wenn es so wäre, nichts ändern. Man beendet den Spaziergang an eben der Stelle, an der man ihn begonnen hat, und doch sieht man den Mond zuletzt, irritierend genug, seitenverkehrt am Himmel.

Ansonsten gibt es nichts Merkwürdiges über diese Gegend zu berichten. Die Strecke von der Spohrstraße über die Treppe hinunter zum Hundekehlefenn ist tagsüber voller Unruhe. Hier schon beginnt, was sich auf dem geschotterten Weg, der auf den Grunewaldsee zuführt, zu einem Gedränge verdichten kann: Man sieht Spaziergänger, Mütter, die Kinderwagen vor sich herschieben, Jogger, Radfahrer, und vor allem sind es die Hunde, die einem, mit knüppeldickem Astwerk im Maul, zwischen die Beine geraten können. Unten am See werfen sie sich ins Wasser oder balgen sich in dem aufgewühlten Sand, und wenn die Sonne scheint, wird das Gewimmel unerträglich.

Kippenberger hatte nie Lust verspürt, einen Spaziergang um den See zu unternehmen. Nein, das war ihm entschieden zu unruhig. Aber er wußte, daß es in dieser Gegend, sowie die Dämmerung einsetzte, schlagartig still wurde. Hier und da tauchte noch eine Gestalt auf, irgendwo rief jemand nach seinem Hund, aber dann war da niemand mehr. Nur die Enten und Bleßhühner machten sich im Röhricht bemerkbar.

Genau um diese Stunde, es hatte geregnet, in der Spohrstraße brannten bereits die Lampen, als es also dunkel zu werden begann, stand Kippenberger im Garten und sah, wie Corinna durch das Tor mit den Putten trat. Sie war, ohne ein Wort der Erklärung, die Nacht über weggeblieben. Jetzt bückte sie sich nach der Kette, die im Gras lag, umwickelte damit das Schloß, das beide Flügel zusammenhielt. Dann ging sie weiter auf den Kiesweg zu, der hinter der Laube begann. Wo sie herkam? Kippenberger war sicher, daß sie die Spohrstraße über die Treppe mit den Holzbohlen betreten hatte. Sie wirkte ein wenig müde aber doch gelöst, als hätte sie einen Spaziergang hinter sich.

»Da bist du ja«, sagte Corinna und in einem Ton, als wäre sie, da sie ihn nicht hatte finden können, allein unterwegs gewesen.

Kippenberger konnte sich dieser Selbstverständlichkeit, sie streifte mit dem kleinen Finger seine Hand, nicht entziehen, und nachdem sie auf dem Kiesweg weitergegangen war, fiel ihm auf, daß ihr Haar und ihr Kleid, obwohl es vor kurzem noch heftig geregnet hatte, vollkommen trocken waren.

Im Haus spürte Kippenberger wieder einen Schmerz im Nacken, und nachdem auch Corinna ins Zimmer getreten war, begann sie ruhig, wie jeden Abend um diese Zeit, den Tisch zu dekken. Sie fragte, ob er Appetit auf Obstsalat hätte. Er antwortete: »Gern, wenn es dir nichts ausmacht«, sah ihr zu, wie sie Bananen, Äpfel und Apfelsinen schälte, und keine zehn Minuten später saßen sie sich gegenüber und Kippenberger sprach davon, wie windig es den Tag über gewesen sei und daß das Dach der Laube erneuert werden müsse.

»Es ist löchrig«, sagte er. »Bevor du kamst, du erinnerst dich, hat es heftig geregnet. Ich wollte mich unterstellen, aber es tropfte überall durch«, sagte er und hoffte darauf, daß sie die Anspielung verstehen und ihm erklären würde, warum ihr Haar und ihr Kleid trotz des Regens so auffällig trocken geblieben waren.

»Hattest du einen Schirm bei dir?« fragte er und fühlte, da sie nichts erwiderte, wie unmöglich es war, sie nicht endlich zur Rede zu stellen.

»Wo warst du die letzten vierundzwanzig Stunden über?« hätte er fragen sollen. Statt dessen dachte er darüber nach, wie lähmend es auf ihn gewirkt hatte, als Corinna sich in allerletzter Minute weigerte, ihn zu heiraten.

9

Mitte September geschah es das letzte Mal, daß Kippenberger in der Maisonettewohnung am Roseneck auftauchte. Er wirkte fahrig und nervös, redete ständig davon, daß er wenig Zeit hätte, und da war noch etwas, das den beiden, nachdem sich Kippenberger verabschiedet hatte, zu denken gab. Ganz unvermittelt sprach er davon, daß es ihm darauf ankäme, Corinna nicht in einem falschen Licht erscheinen zu lassen. Tage später erhielt Dahlhaus folgende Zeilen:

»Lieber Rainer, bitte vergiß, was ich Euch über Corinna gesagt habe. Es ist ja doch so, daß es immer nur die eigenen Dinge sind, die wir den anderen unterstellen. Kurz und gut, ich werde mich für einige Zeit zurückziehen. Es wäre aber schön, wenn Ihr auf Euren Spaziergängen, wie gewohnt, an unserem Bungalow vorbeigehen würdet, um einen Blick in den Garten zu werfen. Und macht Euch nichts daraus, wenn die Vorhänge zugezogen sind. Die Post wird umgeleitet, wohin, das sage ich Euch später, und falls Ihr einmal Lust habt, ins Haus zu gehen, der Schlüssel liegt wie immer unter dem Kasten. Christian.«

»Was hältst du davon?« fragte Dahlhaus seine Frau.

»Es wirkt überspannt«, sagte Lore.

Der Herbst verging, und irgendwann glaubte Dahlhaus, sein Knie wieder zu spüren. Es begann damit, daß er auf einem seiner Spaziergänge, er war die Griegstraße entlanggegangen, hatte wohl auch einen Blick auf den Bungalow geworfen, dessen Fenster verhangen waren, daß er unglücklich vom Rinnstein abgerutscht war. Oder war es, weil er sich ruckartig gebückt hatte, um nachzusehen, ob der Schlüssel für die Haustür, so wie es Kippenberger beschrieben hatte, wirklich unter dem Kasten lag? Und am Nachmittag, Zufall oder nicht, kramte Dahlhaus in seiner Schreibtischschublade und fand die Karte vor, die Kippenberger ihm vor Monaten aus der Karibik geschickt hatte, jene Karte mit der Frage: »Wie geht es deinem kaputten Knie?«

Er hatte gehofft, daß sich die Sache von selbst erledigen würde. Es war ja nichts weiter, und vielleicht hatte Lore recht. Er sollte nicht immer mit dem Knie gegen den Behandlungsstuhl drükken, und als er in der Praxis war, als er sich über einen Patienten beugte, versuchte er, einen halben Schritt Abstand zu halten. Zwecklos, so konnte er nicht hantieren. Also drückte er mit dem linken Knie, wie er es gewohnt war, nach, um einen besseren Stand zu haben. Abends saß er lustlos am Küchentisch, um die aufgewärmte Suppe zu essen, und wieder hatte er Schmerzen.

Lore drängte ihn, zum Orthopäden zu gehen. Endlich willigte er ein, und nun fachsimpelte er mit einem Kollegen, ob es nötig sein würde, die Kniescheibe zu operieren. Man riet ihm zu einer Endoskopie, um dann gegebenenfalls die Sache sofort zu beheben.

›Reine Routine‹, dachte Dahlhaus, als er im Urbankrankenhaus auf den Eingriff wartete. Er saß, das linke Hosenbein hochgekrempelt, in einer Kabine. Man hatte ihm einen Bogen Papier gereicht, mit der Bitte, einige Fragen zu beantworten. Hinter jeder Rubrik sollte er ein Ja oder ein Nein ankreuzen, und zuletzt las Dahlhaus so etwas wie eine Erklärung, die darauf hinauslief, daß er alle Risiken des Eingriffs selbst zu verantworten hätte. »Plötzlicher Herztod«, las Dahlhaus und war empört, daß man schamlos genug war, sich mit solch einem Satz, der wie eine Bedrohung klang, abzusichern.

»Besten Dank«, sagte er zu dem Assistenten, der die Tür geöffnet hatte. »Besten Dank«, sagte er, reichte ihm den Bogen Papier zurück, dann, er war nicht bereit, sein Benehmen zu erklären, rückte er das Hosenbein zurecht, nahm Jacke und Mantel vom Haken und verließ die Kabine.

Als er in die Praxis zurückgekehrt war, gab es mit Lore einen gereizten Wortwechsel. Sicher, sie bereitete eine Zahnfüllung vor und hatte keine Zeit, auf seine Empörung einzugehen, und so antwortete sie, als er ihr erklärte, warum er den Zettel nicht unterschrieben und die Behandlung abgebrochen hätte:

»Was ist schon dabei. Irgend etwas riskiert man immer.«

»Aber keinen plötzlichen Herztod«, sagte Dahlhaus.

Er ging, nein, er humpelte in das hintere Zimmer der Praxis, zog sich um, aber als er den Wartesaal betrat, um die Patienten zu begrüßen, war da niemand, und ihm fiel ein, daß er alle Termine für die nächste Zeit abgesagt hatte.

Im Auto, auf der Heimfahrt, Lore hatte darauf bestanden, am Steuer zu sitzen, auf der Heimfahrt sagte Dahlhaus: »Ist dir klar, was ich da unterschreiben sollte«, und er fühlte sich durch die Art, mit der Lore diese Bemerkung zum zweiten Mal überging, ernüchtert.

Sie schwieg, achtete demonstrativ auf den Verkehr.

›Wir sind Ärzte‹, dachte Dahlhaus, ›und in gewisser Weise abgebrüht.‹ Und was sollte Lore, die darauf gedrängt hatte, daß er sich behandeln ließ, zu seiner Empfindlichkeit sagen! ›Ich bin doch sonst nicht so‹, dachte Dahlhaus, und wie, als müsse er auf andere Gedanken kommen, sagte er plötzlich:

»Wir fahren zur Griegstraße. Was meinst du? Sollten wir nicht den Schlüssel unter dem Kasten hervorziehen, um bei Kippenberger nach dem Rechten zu sehen?«

Keine zwanzig Minuten später näherten sie sich dem Bungalow und sahen, daß das eiserne Tor, das in den Garten führte, sperrangelweit offenstand. Dahlhaus griff nach der eisernen Kette, die auf dem Bürgersteig lag.

»Es geht uns nichts an«, sagte Lore und sah zu, wie er bemüht war, das Tor zu schließen.

Man hatte beide Flügel mit flachen Steinen von unten her eingekeilt.

»Hier ist jemand mit dem Auto durchgefahren«, sagte Dahlhaus und wies auf eine frische Reifenspur.

»Es geht uns nichts an«, wiederholte Lore und bemerkte, daß Dahlhaus, der nun am Zaun entlang bis zur Ecke Griegstraße ging, keinerlei Schwierigkeiten mit dem Knie mehr zu haben schien.

Er bückte sich, zog unter einem Holzkasten den Schlüssel hervor, und er schloß, ohne sich um Lores Einwände weiter zu kümmern, die Eingangstür auf. Im Inneren des Bungalows war es dunkel. Lore versuchte, die schweren Vorhänge zu öffnen. Es gelang ihr nicht, und sie zögerte, ehe sie zum Lichtschalter ging.

»Der Strom wird abgeschaltet sein«, sagte Dahlhaus.

»Man hört aber den Kühlschrank«, sagte Lore.

Und tatsächlich: Da waren Geräusche in der Küche, ein Gluckern und Surren. Lore drehte am Dimmer, und augenblicklich war die ganze Wohnung, vom Korridor bis zum Bad, in ein helles gleißendes Licht getaucht.

»Hier war vor kurzem noch jemand«, sagte Lore, ging auf den Aschenbecher zu, in dem eine halbaufgerauchte Zigarette lag. Und als sie in die Küche trat, sagte sie: »Hier hat vor kurzem noch jemand Kaffee aufgebrüht.«

»Wie willst du das wissen.«

»So etwas spürt man«, sagte Lore.

Dahlhaus trat vom Wohnzimmer aus in einen kleinen, fensterlosen Raum, der als Arbeitszimmer eingerichtet war. Auf dem Schreibtisch lag ein Terminkalender, den man seit Anfang Oktober nicht mehr umgeblättert hatte.

»Niemand ist im Haus. Hier ist der Beweis«, sagte Dahlhaus. »Seit Christian verreist ist, gibt es keine Eintragungen mehr.«

Bis zu diesem Tag aber, und zwar vom 1. Januar an, war alles dicht beschrieben. Dahlhaus erkannte Kippenbergers Handschrift, die auf den schmalen Seiten besonders klein gehalten war, und offenbar hatte der Freund keine Termine notiert, sondern, indem er über die Linien und Daten hinwegschrieb, eine Art Tagebuch geführt.

»Ich hätte mir doch Gummistiefel anziehen sollen«, las Dahlhaus. »Sie geht immer durch die Niederungen, die unter Wasser stehen.«

Er blätterte weiter, wollte, was selbstverständlich war, keinerlei Neugierde aufkommen lassen, und bevor Lore den Raum betrat, las er noch: »Die Wahrheit liegt im Verschwinden.« Dann klappte er den Kalender zu und gab dem Drängen Lores nach, die erklärte, daß es jetzt Zeit wäre, den Bungalow wieder zu verlassen.

Auf dem Heimweg zum Roseneck dachte Dahlhaus darüber nach, welche Niederungen Kippenberger gemeint haben könnte, und ob es vorstellbar war, daß Corinna hinter dem Zaun, der das westliche Ufer des Grunewaldsees sicherte, unterwegs gewesen sein könnte.

›Es ist aber auch möglich‹, dachte er, ›daß er den aufgeschütteten Damm am Ostufer meint. Hier bilden sich nach jedem Regen Wasserlachen, so daß auch Lore oft genötigt war, auf den seitlich liegenden Baumstämmen zu balancieren.‹

Dies dachte Dahlhaus, und er wunderte sich darüber, daß er einer hingeworfenen Notiz, die ihn nichts anging und die sicher auch unerheblich war, solche Aufmerksamkeit widmete.

»Die Wahrheit liegt im Verschwinden.«

›Es wirkt überspannt‹, dachte Dahlhaus, und ihm fielen die Ungereimtheiten ein, die Kippenberger auf dem Schiff erlebt haben wollte und wie strikt er darauf bestanden hatte, daß man seine überbelichteten Fotos ernst nahm!

Für Lore, das wußte Dahlhaus, war alles so ziemlich klar. Für sie war Kippenberger einer kapriziösen Frau verfallen, die sich nicht einmal scheute, den festgesetzten Trauungstermin platzen zu lassen. Aber danach, dies hatte Lore besonders empört, hatte sie seelenruhig im Four Seasons gesessen, als wäre nichts geschehen, und Lore war seitdem kaum noch gewillt, die beiden zum Abendessen oder zum Bridgespiel einzuladen. Und sie hatte auch nie danach gefragt, warum der Bungalow in der Griegstraße nun schon seit Monaten verlassen war.

»Es ist nicht nötig, wieder hineinzugehen«, sagte sie jetzt. »Es kümmert sich jemand um das Haus, und zwar jemand, der, wie man sehen konnte, seine Zigarettenstummel im Aschenbecher liegen läßt.«

10

Es war Lore, die darauf bestand, hin und wieder Karten zu spielen. Es war keine Leidenschaft, eher eine Gelegenheit zum geselligen Beisammensein, und sie bemühte sich darum, den Kreis der Bekannten möglichst variabel zu halten. Dahlhaus, der sich für Architektur und Malerei interessierte, war Mitglied mehrerer Fördervereine, Lore interessierte sich fürs Theater, und so durfte man einen Teil der Gäste ohne Übertreibung der Berliner Prominenz zurechnen.

An diesem Abend hatte Lore einen Redakteur vom Hörfunk an ihrer Seite, der zwar schon einmal Bridge gespielt hatte, aber es war lange her. Man mußte ihm nochmals die Regeln erklären und man spielte einige Partien mit offenen Karten. Dabei amüsierte sich Lore darüber, daß dem Redakteur immer wieder der gleiche Fehler unterlief.

»Sie erinnern mich an Corinna Mühlbauer«, sagte sie. »Die beherrschte auch die kniffligsten Sachen, konnte aber Bube und Dame nicht auseinanderhalten.«

Man lachte, der Redakteur revanchierte sich mit einer flapsigen Bemerkung, und nach einer halben Stunde, nachdem man in voller Spiellaune war, sagte er:

»Mühlbauer? Ich kannte auch eine Corinna Mühlbauer, die ist für mich allerdings gestorben.«

Gegen zwölf oder ein Uhr verabschiedeten sich die letzten Gäste. Lore sah, daß Dahlhaus treppauf treppab damit beschäftigt war, das Geschirr und die Gläser in die Küche zu tragen, und nachdem er die Räume gelüftet hatte, stand er auf dem Balkon und reckte sich. Keine Spur von Müdigkeit. Sie hatten, nachdem sie zu Bett gegangen waren, noch lange ihre Nachttischlampen brennen. Lore las einen Roman, Dahlhaus blätterte in Fachzeitschriften, nickte darüber ein, während Lore beim Lesen darauf wartete, daß ihr die Augenlider schwer wurden. Endlich, nachdem sie bei ihrem Mann das Licht gelöscht hatte, schlief auch sie ein, aber nach wenigen Stunden, es war gegen vier Uhr, wachte sie wieder auf, und sie spürte, daß auch Dahlhaus nicht schlief. Unbeweglich lag er da. Es war kein Atem zu hören, nur hin und wieder ein leises, unterdrücktes Räuspern. Obwohl beide ihre schlaflose Nähe spürten, sprachen sie kein Wort miteinander.

»So ist das eben«, sagte Lore am nächsten Morgen beim Frühstück. »Wir nähern uns einem Alter, in dem man gezwungen ist, Tabletten zu nehmen.«

11

Dahlhaus war überrascht, wie nachdenklich Kippenbergers Notizen waren. Lange Passagen waren Überlegungen gewidmet, die er seinem Freund so nicht zugetraut hätte. Gestochen scharf und als wären es Aphorismen schrieb Kippenberger über das Altern, die Langeweile, über die Unheimlichkeit gewisser Erfahrungen, und immer wieder stand da der Satz: »Die Wahrheit liegt im Verschwinden.«

Dahlhaus, der in dem engen Arbeitszimmer unter der Lampe saß, erhob sich und zog den Mantel an, den er über die Stuhllehne gelegt hatte. Draußen herrschte Frost, und für Augenblicke überlegte er, ob er in den Keller gehen sollte, um nach der Heizung zu sehen. Er wunderte sich darüber, daß das Haus, obwohl Gefahr bestand, daß die Leitungen einfroren, nicht geheizt war. Die Tür zum Keller war verschlossen, nirgends ein Schlüssel zu entdecken, und so ging Dahlhaus in das Arbeitszimmer zurück, um weiter in dem Terminkalender zu lesen.

Er fühlte sich unwohl. Schon daß er, ohne Lore etwas zu sagen, um diese Zeit in die Griegstraße gegangen war, kam ihm wie ein Vertrauensbruch vor. Aber er spürte, wie besorgt er war, und die Eintragungen, die er vor Augen hatte, schienen ihm recht zu geben.

Zunächst beschwerte sich Kippenberger darüber, daß er ein Opfer geschäftlicher Intrigen geworden war. Er, der unter den Architekten der Stadt einen vorzüglichen Namen hatte, mußte plötzlich erleben, daß die Aufträge ausblieben. Er beschrieb Details. Offensichtlich wurde er bei Ausschreibungen kaum noch berücksichtigt, aber dann, nachdem er sich entschlossen hatte, das Büro allein weiterzuführen, erwähnte er seinen beruflichen Ärger nicht mehr. Statt dessen gab es Augenblicke der Euphorie. »Sie ist einverstanden«, las Dahlhaus. »Wir werden zusammen verreisen!« Und: »Seit ich mit Corinna zusammen bin, ist mir alles egal. Heiraten!« stand da mehrmals unterstrichen.

Nach dem 10. Mai wurde sein Ton nüchterner. Kippenberger beschrieb, wie er mit Corinna zusammen ein Kleid gekauft hatte, und wie sie am Tag der Trauung, als er neben dem Auto auf sie wartete, in ihrem üblichen Kostüm erschienen war, und sie wollte, statt zum Standesamt, sofort ins Four Seasons fahren. Und wie selbstverständlich sie dies verlangt hatte! Während der Fahrt hatte Kippenberger noch versucht ihr zu erklären, wie unmöglich es sei, jetzt, eine halbe Stunde vor der Trauung, alles abzusagen, aber dann war er doch schweigend am Schmargendorfer Rathaus vorbeigefahren.

›Merkwürdig‹, dachte Dahlhaus, ›wäre es so, hätte ich seinen Namen in dem Schaukasten lesen müssen. Er war aber nirgends aufgeführt.‹

In den folgenden Monaten gestand Kippenberger unumwunden ein, daß er Grund zur Eifersucht hatte. Nicht nur, daß Corinna, und ohne jede Erklärung, nächtelang wegblieb. Kippenberger hatte den Verdacht, daß jener, der ihm, ›uns übrigens auch‹, dachte Dahlhaus, als Corinnas Bruder vorgestellt wurde, in Wirklichkeit ihr Liebhaber war. Aber wie lange und wie gründlich Dahlhaus auch in den Notizen blätterte, nirgends fand er ein Wort darüber, daß es jemals zu einer offenen Auseinandersetzung gekommen wäre. Statt dessen hatte Kippenberger versucht, Corinna durch Geschenke zu verwöhnen. Sechzehntausend Mark und mehr hatte er für Schmuck ausgegeben. Offenbar umsonst: Corinna blieb immer wieder auf merkwürdige Weise abwesend, und zuletzt erwähnte Kippenberger jenen Abend, an dem es geregnet hatte und an dem Corinna, als hätte sie die Nässe nicht berührt, aus der Gegend des Hundekehlefenns aufgetaucht war.

»Als wäre sie aus dem Nichts gekommen«, las

Dahlhaus. »Das Haar, das Kleid, sogar die Schuhe waren trocken. Wo ist sie die letzten vierundzwanzig Stunden über gewesen?«

Von der Griegstraße her hörte Dahlhaus in unregelmäßigen Abständen Autos vorbeifahren. Er hatte sich daran gewöhnt, aber nun war da ein Geräusch, als würde jemand in die Spohrstraße einbiegen. Es wurde leiser, entfernte sich, kam näher.

›Jemand fährt durchs Gartentor‹, dachte Dahlhaus und erinnerte sich an die Reifenspuren, die er vor Tagen entdeckt hatte.

Rasch klappte er den Kalender zu, legte ihn in die Schublade zurück, und vom Wohnzimmer aus sah er zwei Scheinwerfer, die gegen die Laube gerichtet waren. Als sie ausgeschaltet wurden, war er schon am Eingang des Bungalows, den er von außen abschloß, und als er den Schlüssel unter den Kasten schob, hörte er die Autotür klappen. Er hatte nicht die Courage, auch fand er es albern, jetzt, hinter einem Baum versteckt, abzuwarten, wer da, ob heimlich oder nicht, in Kippenbergers Garten eingedrungen war und ob da jemand versuchte, ins Haus zu gelangen. Nein, Dahlhaus war schon wieder auf dem Weg zurück zum Roseneck, und zunächst kam es ihm darauf an, daß Lore, die bemerkt hatte, daß er weggewesen war, keinerlei Fragen stellte.

12

Kurz nach Neujahr gab es die erste Gewißheit. Es begann damit, daß Lore von weitem einen Möbelwagen sah, der, so schien es ihr jedenfalls, vor dem Bungalow in der Griegstraße parkte. Aber sie achtete nicht weiter darauf, hatte die Sache vergessen, und eine Woche später entdeckte Dahlhaus, daß der Zaun am Eingang niedergerissen worden war. An zwei Stellen hatte man die Pfähle gelockert, das Drahtgeflecht heruntergedrückt, um besser darüber hinwegsteigen zu können, und Dahlhaus, der, seit er das Auto im hinteren Garten beobachtet hatte, einen gewissen Verdacht nicht loswurde, Dahlhaus faßte sofort unter den Holzkasten, zog den Schlüssel hervor. Die Haustür war abgeschlossen.

›Wenigstens das‹, dachte er.

Noch waren die Vorhänge, so wie man es seit Monaten gewohnt war, zugezogen. Am Abend aber, Dahlhaus hatte ein schlechtes Gewissen, ›ich hätte doch ins Haus gehen sollen‹, dachte er, am Abend ging er nochmals zurück, und als er die Griegstraße zur Hälfte hinter sich hatte, sah er, daß die Vorhänge offen und die Fenster erleuchtet waren, und auf der Höhe der Spohrstraße, als es ihm möglich war, Genaueres zu erkennen, sah er leere Räume. Nur einige Möbelstücke standen, als hätte man sie verrückt, beziehungslos herum. Und war da nicht jemand im Wohnzimmer, direkt unter dem Licht, so daß er keinen Schatten warf?

»Christian!« rief Dahlhaus und war schon hinter dem Zaun am Eingang des Bungalows, der offenstand. »Christian!« rief er. »Wollt ihr ausziehen, und ohne uns etwas zu sagen!«

Kippenberger saß auf einem Hocker, machte keinerlei Anstalten sich zu erheben. Mit hängenden Schultern, den Kopf im Nacken, den Blick gegen die Decke gerichtet, blieb er bewegungslos sitzen.

»Sie haben alles mitgenommen«, sagte er. »Alles, nur die Glühbirnen haben sie zurückgelassen.«

»Wer?« fragte Dahlhaus und bekam keine Antwort.

An diesem Abend wurde über die Tatsache, daß Corinnas Bruder, so nannte man ihn immer noch, dic Wohnung leergeräumt hatte und daß dies nur mit dem Einverständnis Corinnas hatte geschehen können, nicht gesprochen. Auch, daß Corinna, nachdem sie mit Kippenberger in Kalifornien gewesen war, auf der Rückreise plötzlich verschwand, und daß er, Kippenberger, sie seitdem nicht mehr gesehen hatte, auch das erfuhren Lore und Dahlhaus erst am nächsten Tag.

Niemand drängte ihn dazu, Einzelheiten zu erzählen. Lore sorgte dafür, daß Kippenberger erst einmal aß. Beide sahen zu, wie er in dem Teller mit Linsen herumstocherte. Er aß mehrere Scheiben Brot, trank eine halbe Flasche Bier, dann erhob er sich mit der Bemerkung, er würde jetzt in seine Wohnung zurückkehren. Er müsse schlafen.

Mitten in der Nacht drängte Lore Dahlhaus dazu, nochmals in die Griegstraße zu gehen. Alles war wie beim letzten Mal: Offene Fenster, die Räume ohne Möbel, übermäßig helles Licht, und in der Mitte des Wohnzimmers saß Kippenberger auf dem Hocker. Er hatte den Hemdkragen offen, die Ärmel hochgekrempelt, wirkte unrasiert, die Haare fielen ihm ins Gesicht.

»Was machen wir jetzt?« fragte Dahlhaus. »Du siehst ja, daß du nicht schlafen kannst.«

Was folgte, gab ihm zu denken. Genauer: Erst Tage später, als Kippenberger eine Bemerkung, die Dahlhaus nicht verstand, mehrmals wiederholte, wurde ihm klar, daß die Affäre an dem Freund nachhaltige Spuren hinterlassen hatte. Dahlhaus war zum Dimmer gegangen, um das Licht herunterzudrehen und wie, als wäre Kippenberger dadurch erleichtert, sah er dem Freund ins Gesicht und sagte:

»Du weißt, ich werde mit allem fertig, nur die Frauen ... Gott sei Dank ist Corinna nicht so«, fügte er hinzu, und Dahlhaus nahm es als Versuch, das Verhalten jener Frau, die er hatte heiraten wollen und die ihn jetzt so heimtückisch verlassen hatte, irgendwie zu entschuldigen.

13

Er liebt sie immer noch und scheint damit nicht fertig zu werden«, sagte Dahlhaus.

»Das gibt sich«, antwortete Lore. »Erst ist man fassungslos, dann kommt die Trauer und zuletzt die Wut. Du wirst sehen, in einer Woche geht er zur Polizei oder er stöbert die beiden selber auf.«

Sie beschlossen, Kippenberger erst einmal in Ruhe zu lassen, boten ihm an, in ihrem Gästezimmer zu schlafen, zeigten Verständnis, als er dies ablehnte, und nachdem Kippenberger, obwohl er mehrmals zugesagt hatte, nicht zum Abendessen erschien, sagte Lore:

»Ich bin sicher, Christian hat sich so weit erholt, daß er etwas unternehmen kann.«

»Was soll er unternehmen?« fragte Dahlhaus.

Lore ging zum Telefon und kramte das Branchenbuch hervor. Sie hätte, erklärte sie, den Möbelwagen zwar nur von weitem gesehen, könne sich aber an die Farbe erinnern.

»Sie war blau«, sagte Lore, »und ich kenne eine Firma, die mit dieser Farbe unterwegs ist: Franzkowiak.«

Sie notierte die Telefonnummer, wies mit dem

Finger auf eine Anzeige. Sie sei sicher, daß man diese Firma lediglich anrufen müsse.

»Dann hätten wir den Zeitpunkt des Umzugs und es wäre ein Leichtes, an die Adresse des Auftraggebers heranzukommen«, sagte Lore, nahm den Hörer ab und schob Dahlhaus den Zettel zu, auf dem sie die Telefonnummer notiert hatte.

Dahlhaus zögerte.

»Das muß Christian machen«, sagte er, erklärte sich aber bereit, sofort, er nahm den Zettel entgegen, steckte ihn in die Jackentasche, sofort, und nun ging er in die Garderobe, zog den Mantel an, ein Blick auf die Uhr, es war früher Nachmittag, also eine angemessene Besuchszeit, er erklärte sich bereit, in die Griegstraße zu gehen, um die Sache mit Kippenberger zu besprechen.

Es regnete. Dahlhaus wollte nicht umkehren, um den Schirm zu holen. Rasch versuchte er, den Mantelkragen hochgeschlagen, unter die hohen Bäume der Hagenstraße zu gelangen, und als er in der Griegstraße war, wurde der Regen derart heftig, daß er unter einer Platane stehenblieb. Und nun geschah etwas Unerwartetes: Aus dem Bungalow, der keine vierhundert Schritte entfernt war, trat Kippenberger. Dahlhaus erkannte sofort die hohe, mit den Armen schlenkernde Gestalt, und Kippenberger hatte einen Schirm bei sich, den er erst aufklappte, als er neben Dahlhaus stand. Sie hatten kaum Zeit, ein paar Worte miteinander zu wechseln, so rasch ging Kippenberger, indem er den Schirm über den Freund hielt, voran. In der Garderobe des Bungalows bekam Dahlhaus einen Schal, um sich die Haare zu trocknen.

»Gut, daß du kommst«, sagte Kippenberger, »der Kaffee ist aufgebrüht«, und keine zehn Minuten später saßen die beiden, so wie sie es gewohnt waren, vor der Fensterfront, die auf den Garten hinausging. Nur die Sofagarnitur fehlte. Kippenberger hatte zwei Kisten aufgestellt, die Tassen standen auf dem Boden.

Die Räume waren immer noch leer, auch die Teppiche und Bilder fehlten, und wenn Kippenberger, unverkennbar, daß er erregt war, die Stimme hob, gab es eine Art Echo. Als Dahlhaus seine Tasse an die Lippen führte, sagte er:

»Warte noch. Corinna bringt den Zucker.«

Er verzog keine Miene, und Dahlhaus, der bei dieser Bemerkung zusammenzuckte, setzte die Tasse ab und sah, er wußte selbst nicht warum, in Richtung auf die Küche.

Kippenberger begann plötzlich zu erzählen. Er sprach von einem Film, den er mit Corinna gesehen hatte, nannte auch den Titel: »Der Mann der Friseuse«, und er erzählte, wie dort in einem kleinen Friseurladen Südfrankreichs ein Araber, oder war es ein Franzose, ständig mit einem Kofferradio hantierte und wie er die Friseuse, während sie die Kunden bediente, mit tänzelnden Bewegungen unterhielt und wie er ihr mit Handgreiflichkeiten zwischen die Schenkel gefahren war.

»Es hat ihr gefallen«, sagte Kippenberger und lachte. »Dies ging einen ganzen Sommer über, und es war ein großes Glück zwischen ihnen. Ein so großes Glück, daß sie zuletzt in eine Wasserschleuse sprang.«

Dies sagte er und die Tassen blieben unberührt.

Dahlhaus war versucht, ihm mit dem Ellbogen in die Seite zu stoßen und zu sagen: »Hör auf, Christian.« Er wollte Lores Zettel mit der Telefonnummer aus der Jackentasche ziehen, um den Freund dazu zu bringen, sich endlich den Tatsachen zu stellen. »Den Tatsachen, Christian«, wollte er sagen. »Wir rufen jetzt die Firma an, die deine Möbel abgeholt hat, bringen alles wieder zurück und fertig!«

Aber er spürte, daß dies zu einfach gewesen wäre und daß es nicht darauf ankam, Kippenberger, koste es was es wolle, wachzurütteln.

›Es ist ein schwerer Schlag für ihn‹, dachte Dahlhaus. ›Unmöglich, darauf keine Rücksicht zu nehmen.‹

Und so kam es, daß sie wieder schwiegen und daß Dahlhaus in Richtung Küche sah und daß er

Kippenberger einverständig zunickte, als dieser sagte:

»Sie wird gleich hier sein. Du weißt, sie ist oft verschwunden, um wieder zurückzukommen.«

»Aber ja«, antwortete Dahlhaus.

Unwillkürlich dachte er darüber nach, ob er, gesetzt den Fall, Lore würde ihn verlassen, wie Kippenberger, derart aus dem Gleichgewicht geraten würde.

›Vermutlich nicht‹, dachte Dahlhaus und spürte, daß er nüchterner als sein Freund war, konnte aber keinerlei Genugtuung darüber empfinden. Im Gegenteil: Es kam ihm, da er sah, wie verletzbar, wie übersensibel Kippenberger in seinem Unglück reagierte, beinahe wie ein Mangel vor. Er wollte sich erheben, wollte wortlos in die Küche gehen, um selbst den Zucker zu holen. ›Es wäre nur selbstverständlich‹, dachte Dahlhaus, aber er unterließ es, und für Augenblicke war er froh, daß er zu diesem Taktgefühl fähig war.

14

Lore fiel auf, daß Dahlhaus wieder zu humpeln begann. Sie hätte jetzt energischer werden müssen, und sie überlegte, ob sie nicht, ohne Dahlhaus zu fragen, einen neuen Termin beim Orthopäden vereinbaren sollte. Aber da er so schweigsam war und auch keine Anstalten machte ihr zu sagen, was er bei seinem letzten Zusammentreffen mit Kippenberger besprochen hatte, beschloß sie zu warten.

»Wo hast du Christian kennengelernt?« fragte sie lediglich, und nun wurde Dahlhaus gesprächig. Als hätte sie ihn mit dieser Frage erlöst, begann er über sich und den Freund zu reden.

Daß er mit Kippenberger zusammen studiert hatte, dies wußte Lore, auch, daß sie auf der Ostsee Segeltouren unternommen hatten. Aber daß Kippenberger besonders temperamentvoll gewesen sein sollte und daß er weit mehr Chancen bei Frauen hatte als Dahlhaus und daß er trotzdem ständig unter irgendwelchem Liebeskummer litt, dies schien sie zu amüsieren.

»Hätte ich nicht gedacht«, sagte sie. »Ist doch

albern, Liebesgeschichten derart ernst zu nehmen.«

»So«, sagte Dahlhaus und sah sie aus eigentümlichen Augen an.

Am Nachmittag bemerkte Lore, daß Dahlhaus in dem Branchenbuch blätterte und daß er sich den Namen und die Adresse der Möbeltransportfirma notierte. Den Zettel mit der Telefonnummer, den sie ihm vor Tagen zugeschoben hatte, ließ er liegen, und wieder beunruhigte es sie, daß er so schweigsam war.

»Soll ich mitkommen?«

»Nein«, antwortete Dahlhaus, bestellte ein Taxi und ließ sich nach Charlottenburg fahren.

In der Kantstraße, wo die Firma Franzkowiak ihr Büro hatte, versuchte er unter dem Vorwand, eine offene Rechnung zu begleichen, den Namen des Auftraggebers für den Umzug aus der Griegstraße zu erfahren. Er hatte Glück.

»Sind Sie der Auftraggeber?«

»Ja«, log Dahlhaus und sah zu, wie das junge Mädchen in einem Aktenordner blätterte.

»Die Rechnung ist bezahlt, Herr Maldini«, sagte sie.

Dahlhaus fragte: »Meinen wir denselben Umzug? Welche Straße haben Sie notiert?«

»Käthe-Niederkirchner-Straße«, antwortete das Mädchen, dann klappte sie den Aktenordner zu, und Dahlhaus ging, grußlos und ohne sich zu bedanken, zu dem Taxi zurück, das auf ihn wartete.

Die Käthe-Niederkirchner-Straße. Wer aus dem Westen Berlins kommt, das Brandenburger Tor und den Alexanderplatz hinter sich gelassen hat, der glaubt, in einer anderen Stadt zu sein. Hier ist keine Idylle, wie etwa am Roseneck, zu besichtigen, hier sieht man abweisende Häuserblöcke, zu groß, um eine geschlossene Ansicht zu bieten, zu klein, um als Hochhäuser gelten zu können. Es sind kalte, schmucklose, aus Fertigteilen errichtete Fassaden. Nirgends ein Baum, die Straßen, da Ampeln fehlen, nur schwer passierbar, und in der Mitte, durch ein kniehohes Gitter abgesichert, fährt die Straßenbahn. Man sieht ungern aus dem Auto, und erst, wenn man die Greifswalder Straße erreicht und den Friedrichshain hinter sich gelassen hat, zeigen sich wieder zusammenhängende Häuserzeilen, die an Charlottenburg erinnern. In den Nebenstraßen links und rechts jene Enge, die man von den Bauten der Gründerzeit gewohnt ist. Alles, bis über den Rand des Bürgersteigs, voll von parkenden Autos, und die Fassaden wirken, bis auf wenige Ausnahmen, verkommen.

›Maldini‹, dachte Dahlhaus, als er auf dem Kopfsteinpflaster entlangging, und da er die

Hausnummer nicht kannte, wollte er erst einmal ausfindig machen, wie lang die Straße, die er notiert hatte, war.

Er atmete auf. Schon nach einigen hundert Metern sah er den Friedrichshain vor sich. Hier war alles zu Ende.

›Am besten‹, dachte Dahlhaus, ›ich gehe von Hauseingang zu Hauseingang, um die Namen auf den Briefkästen zu lesen.‹

»Maldini«, las er im vierten Hausflur.

Er sah sich um. Alles war frisch renoviert, überall Farbflecken auf dem Linoleum. Er ging in die oberste Etage hinauf, drückte auf den Klingelknopf.

Zunächst erkannte er jenen, der ihm öffnete, nicht wieder. Maldini, an diesen Namen mußte sich Dahlhaus gewöhnen, trug schulterlanges, fettig wirkendes Haar. Sein Gesicht war blaß.

»Wir kennen uns«, sagte Dahlhaus. »Sie erinnern sich an unser gemeinsames Essen im Four Seasons?«

Der andere runzelte die Stirn. Es war kein Mißtrauen. Er dachte einen Augenblick nach, bevor er sagte:

»Sie sind Kippenbergers Freund.«

»Darf ich eintreten?«

»Aber ja doch.«

Maldini machte Platz, wobei er die Tür bis

zum Anschlag öffnete. Er nahm Dahlhaus im Flur den Mantel ab. Wenig später saßen sie sich in unbequemen Sesseln gegenüber, und Dahlhaus konnte der Versuchung nicht widerstehen, sich umzusehen.

»Schön haben Sie es hier«, sagte er.

Der Raum hatte eine kostbare Stuckdecke. Bis auf einen Tisch mit sechs Stühlen waren da noch eine Stehlampe und ein Beistelltischchen, vollgepackt mit alten Zeitungen, eine Kübelpflanze am Fenster, und auf einem Mauervorsprung, der wie sinnlos ins Zimmer hineinragte, stand eine kostbare Empireuhr. Und während Dahlhaus überlegte, ob er die Uhr irgendwo schon einmal gesehen hatte, während er bemüht war, seine Neugierde nicht allzu offen zu zeigen, während er also seine Blicke, und immer mit der Miene, als wollte er wiederholen »Schön haben Sie es hier«, im Zimmer umherschweifen ließ, sagte Maldini plötzlich:

»Wie geht es Kippenberger? Sieht er den Mond im Grunewald immer noch seitenverkehrt?«

Dahlhaus wußte nicht, was er damit meinte, fand die Bemerkung aber unverschämt, und wie, als wäre er jetzt berechtigt, alle Rücksichten, die er sich auferlegt hatte, zu vergessen, sagte er: »Sie sind nicht Corinnas Bruder. Sie sind ihr Liebhaber, und Sie haben in Abwesenheit meines Freundes dessen Wohnung leerräumen lassen. Wo ist Frau Mühlbauer?« fügte er in einem scharfen Ton hinzu, erhob sich und machte Anstalten, über den Flur hinweg in die anderen Räume zu gehen.

Er zögerte, rechnete damit, daß Maldini aufspringen würde, um ihn daran zu hindern. Nichts dergleichen geschah, und so konnte Dahlhaus, während der andere in seinem Sessel sitzenblieb, ungestört die Klinken an den Türen herunterdrücken. Zwei Zimmer waren verschlossen, die dritte Tür führte in die Küche, die vierte in eine Besenkammer. Und war es nun, weil Dahlhaus über den Anblick der unerwarteten Enge erschrak, weil er das Gefühl hatte, er würde, wenn er auch nur einen Schritt weit in diesen Raum trat, mit dem Kopf gegen die Wand stoßen, oder war es, weil er fürchtete, der andere, der mit den schulterlangen Haaren, könnte ihm, sowie er sich umdrehte, doch noch im Rücken stehen, er hatte Mühe zu atmen, wollte ins Freie hinaus.

»Sie hören von mir!« rief er, riß seinen Mantel vom Haken, und erst, nachdem er die Treppe hinter sich gelassen hatte, nachdem er auf die Straße hinausgetreten war, wurde ihm klar, wie ungeschickt er sich benahm und daß er die Gelegenheit, den anderen zu stellen, ja, ihn samt seiner Geliebten zu überführen, für dieses Mal verpaßt hatte.

15

»Wir sollten uns beeilen«, sagte Dahlhaus und hatte Mühe, seine Ungeduld zu verbergen. »Beeilen, du verstehst. Zwei Zimmer waren verschlossen, und er wird, da bin ich sicher, alles versuchen, um die Möbel von dort wieder wegzuschaffen.«

Eine halbe Stunde schon redete er auf den Freund ein, ohne daß Kippenberger sonderlich beeindruckt schien. Das heißt, Kippenberger ging, während Dahlhaus davon redete, daß er Maldini aufgespürt und daß dieser, die Rechnung der Firma Franzkowiak wäre der Beweis, den Diebstahl der Möbel zu verantworten hätte, Kippenberger ging in sein Arbeitszimmer, blieb für einige Minuten dort und schien etwas zu notieren. Endlich kam er zurück.

»Ich bin auch sicher, daß Corinna Mühlbauer in der Nähe war«, sagte Dahlhaus. »Aber ohne deine Zustimmung können wir nichts unternehmen. Du bist es schließlich, den man auf so schäbige Weise hintergangen hat.«

»Corinna war in der Nähe?« fragte Kippenberger und lächelte nachsichtig. »Wie sollte das möglich sein?« Dahlhaus wurde unwillig. Er ahnte, daß Kippenberger in allem, was er jetzt sagte, auf einsehbare Weise nicht zu widerlegen sein würde.

»Ich weiß, ich weiß, Corinna wird uns den Zucker bringen«, sagte er, stöhnte auf und faßte sich ans Knie.

Für Augenblicke war alles still. Kippenberger drehte Dahlhaus den Rücken zu und sagte:

»Ja, glaubst du, ich würde auch nur einen Schritt in diesen Räumen tun, wenn ich das Gefühl hätte, ich wäre allein?«

Er ging in die Küche, und Dahlhaus, der es aufgegeben hatte, noch irgend ein vernünftiges Wort zu reden, hörte ihn eine Weile hantieren. Und nachdem erneut Stille eingetreten war und Dahlhaus damit rechnete, daß Kippenberger, ein Tablett mit der Kaffeekanne, den zwei Tassen, dem Zucker in der Hand, ins Wohnzimmer zurückkehren würde, klappte irgendwo eine Tür. Wenig später sah Dahlhaus vom Fenster aus, wie Kippenberger über das Geviert hinweg auf das hintere Gartentor zuging. Es hatte tagsüber geschneit, der Boden war gefroren, und Dahlhaus brauchte nur, nachdem er Kippenberger aus den Augen verloren hatte, den Spuren im Schnee zu folgen, die bis zur Spohrstraße, ja, bis zur Treppe, die zum Hundekehlefenn führte, deutlich zu erkennen waren. Er zögerte keinen Augenblick, das Mitgefühl, das ihn erfaßt hatte, gelten zu lassen, und so ging er der vertrauten Gestalt, die leicht mit den Armen schlenkerte, nach, immer darauf bedacht, genügend Abstand zu halten, denn er wollte Kippenberger, falls dieser sich umdrehte, nicht in Verlegenheit bringen.

›Er macht den Spaziergang‹, dachte Dahlhaus, ›den er im Kalender beschrieben hat. Und wenn er durch die Niederungen geht, auf dem Eis braucht man keine Gummistiefel.‹

Als Kippenberger die Gaststätte Paulsborn erreicht hatte, blieb Dahlhaus stehen. Er meinte, daß er kein Recht hätte, dem Freund wie ein Voyeur allzudicht im Rücken zu sein, und so sah er von weitem zu, wie Kippenberger hinter der Biegung, die durch einen Zaun abgesichert war, verschwand, und er wußte nicht zu sagen, ob er durch den Zaun hindurch die Niederungen wirklich passierte oder ob er sich an den vorgeschriebenen Weg hielt. Er spürte sein Herz klopfen, als Kippenberger am anderen Ufer wieder auftauchte. Sicher, es war nur der See, an dieser Stelle keine hundert Meter breit, der sie trennte, und doch glaubte Dahlhaus, er müsse dem Freund, als hätte er eine Grenze überschritten, etwas zurufen, etwas, das diesen veranlaßte, sich ihm zuzuwenden. Er rief seinen Namen, bekam keine Antwort. Vielmehr benahm sich der andere, als wäre er in Gesellschaft.

›Er führt Selbstgespräche‹, dachte Dahlhaus und beschloß, in den nächsten Tagen, wenn nötig ohne Kippenbergers Zustimmung, alles zu unternehmen, um den Freund aus diesem Zustand, der auch ihm, Dahlhaus, allmählich unheimlich wurde, zu befreien.

16

Zunächst beschlossen Lore und Dahlhaus, bei der Polizei Anzeige zu erstatten. Sie hatten eine Liste der gestohlenen Gegenstände zusammengestellt. Dahlhaus hatte nie darauf geachtet, wie Kippenberger in seinem Bungalow eingerichtet gewesen war, aber Lore konnte mindestens sechs, sieben Dinge benennen, die ihr noch gegenwärtig waren. Da waren der große Schrank, der im Flur gestanden hatte, ein Tisch, zwei Wandleuchter aus Meißner Porzellan, die Sofagarnitur, eine Kommode, die Kippenberger auf dem Trödelmarkt entdeckt hatte, und da war, sage und schreibe, eine Empireuhr. War es dieselbe, die in Maldinis Wohnung auf dem Mauervorsprung stand?

Bei der zuständigen Polizei gab es Schwierigkeiten. Man nahm die Anzeige zwar entgegen, bestand aber darauf, daß nicht irgendwelche Bekannte oder Freunde, sondern der Geschädigte selbst sein Recht geltend machen sollte. Dahlhaus winkte ab und erklärte Lore, die vorschlug, von Kippenberger wenigstens eine schriftliche Erklärung zu verlangen, daß es aussichtslos sei.

»Warum?«

»Er wird es nicht tun«, sagte Dahlhaus, erwähnte aber den Zustand Kippenbergers und die Umstände ihres letzten Zusammentreffens mit keinem einzigen Wort.

Statt dessen schrieb er Maldini einen Brief:

»Sehr geehrter Herr Maldini,

ich möchte mich für mein Benehmen entschuldigen und Sie müssen nicht befürchten, daß Ihr Zugriff auf die Möbel des Herrn Kippenberger Konsequenzen haben wird. Aber wenn Sie noch einen Rest Anstand besitzen, kann es Ihnen nicht gleichgültig sein, daß mein Freund an der Enttäuschung, sie betrifft allein das Fräulein Muhlbauer, zugrunde zu gehen droht. Nicht jeder ist derart abgebrüht, daß er eine Liebe durch eine andere ersetzt. Ich werde diesen Mittwoch gegen elf Uhr vormittags nochmals bei Ihnen klingeln und ich hoffe, daß wir uns ohne jeden Vorbehalt aussprechen können. Mit freundlichen Grüßen, Ihr Rainer Dahlhaus.«

Dies schrieb er, brachte den Brief zum nächstbesten Postkasten, und Lore erklärte sich bereit, zwei seiner Patienten, deren Termine man nicht absagen konnte, zu übernehmen.

»Laß dich nicht abwimmeln«, sagte sie, als es soweit war.

Dahlhaus hatte ein Taxi bestellt, und wieder

ließ er sich in die Gegend vom Prenzlauer Berg, genauer in die Käthe-Niederkirchner-Straße fahren.

›Zwecklos‹, dachte er, als er in das frischrenovierte Treppenhaus trat. ›Wer wird schon um diese Zeit, wo jeder arbeitet, zu Hause sein.‹

Aber kaum hatte er geklingelt, öffnete Maldini die Tür. Er lächelte und nahm Dahlhaus, als wäre es bereits eine Gewohnheit, im Flur den Mantel ab. Im Zimmer mit dem Mauervorsprung standen zwei Gläser bereit, dazu eine Karaffe mit Wein.

»Trinken Sie etwas?« fragte Maldini und Dahlhaus, obwohl er vormittags nie Alkohol zu sich nahm, sah zu, wie der andere ihm das Glas beinahe bis zum Rand füllte.

Er überlegte, wie er das Gespräch am geschicktesten beginnen sollte, aber:

»Fräulein Mühlbauer ist leider nicht da«, sagte Maldini kurz und bündig. »Das heißt, ich habe sie seit voriger Woche nicht mehr gesehen.«

Dabei wies er mit der Hand durch die offene Tür ins Nebenzimmer, und Dahlhaus erkannte die beiden Wandleuchter aus Meißner Porzellan, die Lore erwähnt hatte.

»Was heißt, nicht mehr gesehen?« fragte er. »Ist sie etwa verschwunden?« fügte er hinzu und war nun entschlossen herauszufinden, ob der andere, in dem, was er antworten würde, log.

Maldini schien ernsthaft verlegen zu sein.

»Die Möbel, Sie sehen es selbst, wollte Corinna hier haben. Der Rest steht im Zimmer zum Hof.«

»Und wo ist Fräulein Mühlbauer?«

»Ich sagte doch, ich habe sie seit einer Woche nicht mehr gesehen.«

»So«, sagte Dahlhaus und schwieg.

Die unerwartete Offenheit Maldinis machte ihm zu schaffen. Er sah auf die Empireuhr, die einen schnarrenden Ton von sich gab. Maldini trank sein Glas leer, versicherte, daß es ihm nun nicht anders ginge als Kippenberger, mit dem Unterschied: Er würde sich die Sache nicht weiter zu Herzen nehmen. Es sei der Lauf der Welt, und vielleicht wäre Kippenberger, wenn er dies wüßte, irgendwie geholfen.

»Wie lange waren Sie mit Fräulein Mühlbauer bekannt?« fragte Dahlhaus.

»Eine ganze Weile«, antwortete Maldini.

Dahlhaus erhob sich, trat ins Nebenzimmer und sah sich um. Für Augenblicke war er versucht, Maldini weitere Fragen zu stellen. Er wollte fragen, ob er mit dem Fräulein Mühlbauer ähnliche Erfahrungen gemacht hätte wie Kippenberger. »Ist es vorgekommen«, wollte er fragen, »daß sie, obwohl sie nur in dieses Zimmer gehen wollte, für einige Zeit unauffindbar geblieben war. Oder«, wollte er fragen, »haben Sie Corinna schon einmal fotografiert und war sie auf dem Foto zu erkennen?« Aber er wußte, wie absurd solche Äußerungen auf den anderen hätten wirken müssen, und so war er froh, als man sich die Hand gab, und als er sich wieder auf der Straße befand, war er enttäuscht, daß dieser Besuch so kurz und so unerwartet aufschlußreich gewesen war.

17

»Er soll sofort die Möbel zurückschaffen«, sagte Lore. »Die Sache ist erledigt und vor allem: Ich will den Namen Mühlbauer nie wieder hören!«

Mitte März transportierte die Firma Franzkowiak die Möbel in die Griegstraße zurück. Der große blaue Wagen versperrte den Bürgersteig und Dahlhaus half dabei, die abgeladenen Sachen in den Bungalow zu tragen. Unmittelbar war er aufgetaucht, unmittelbar verschwand er wieder und am Abend beschloß er, mit Lore ins Kino zu gehen. Er begann in einem Stadtmagazin zu blättern, entdeckte einen Titel, den er noch in Erinnerung hatte. »Der Mann der Friseuse«, las er, und wie es ihm, als Kippenberger diesen Film erwähnt hatte, kaum der Mühe wert gewesen war, darauf einzugehen, so wollte er jetzt zur Kantstraße fahren, um die Gelegenheit, man zeigte den Film nur an diesem Abend, nicht zu verpassen. Der Film war nicht synchronisiert. Anfangs war Dahlhaus, der, im Gegensatz zu Lore, kein Französisch verstand, irritiert, dann gewöhnte er sich an den raschen Blick auf die Untertitel.

»Was hältst du davon?« fragte Dahlhaus, als sie das Kino wieder verließen.

Lore schloß die Tür zum Wagen auf, setzte sich ans Steuer.

»Was hältst du davon?« wiederholte Dahlhaus, als sie den Kurfürstendamm in Richtung Rathenauplatz entlangfuhren.

Lore lächelte abschätzig.

»Die anderthalb Stunden hätten wir uns sparen können«, sagte sie schließlich, und Dahlhaus wurde blaß.

»Das hättest du besser nicht sagen sollen«, murmelte er und wollte etwas hinzufügen. Er wollte vorsichtig sein, wollte ihr in Andeutungen erklären, daß sie in ihrer offensichtlichen Nüchternheit den Film nicht verstanden hätte, und er hatte das Bedürfnis, jetzt, auf der Stelle, auszusteigen und zu Fuß in die Griegstraße zu gehen, um mit Kippenberger, ja, mit dem Freund, dem solche Sachen offenbar nicht fremd waren, einverständig zu reden.

18

Und nun geschah etwas Merkwürdiges. Am nächsten Morgen, Dahlhaus hatte in Eile gefrühstückt, waren die Freunde wieder beisammen. Dahlhaus ging zufrieden durch alle Zimmer, musterte die Möbel.

»Das wäre erst einmal geschafft«, sagte er, setzte sich in den Sessel am Fenster und sah in den Garten hinaus. »Jetzt«, sagte er, »mußt du den Gärtner kommen lassen, damit er den hinteren Teil vor dem Tor wieder in Ordnung bringt. Hast du das Tor erneuern lassen?«

Er sah, daß Kippenberger erholt wirkte. Er war frisch rasiert, der Hemdkragen war offen, keine Spur von dem dicken Schal, den er sonst trug, und er bemerkte sehr wohl, daß Kippenberger, als er das Tablett mit der Kaffeekanne und den Tassen brachte, daß er diesmal auch die Dose mit dem Zucker dazugestellt hatte.

»Du hattest vollkommen recht«, sagte Dahlhaus, und er sprach aufgeregt von den Eindrücken, die der Film bei ihm hinterlassen hatte. »Erkläre mir eines«, sagte er, »Wie muß man beschaffen sein, um diese Freiheit zu erlangen? Sie machen den ganzen Tag Unsinn miteinander. Und wenn er am Schluß den Kunden erklärt, sie würde gleich kommen, obwohl er weiß, daß sie ins Wasser gesprungen ist, das hat mich an dich erinnert«, sagte Dahlhaus und bemerkte zunächst nicht, wie unangenehm Kippenberger dieser Vergleich war.

»Wovon redest du?« fragte Kippenberger.

Sie waren nicht allein. Vom fensterlosen Arbeitszimmer her, das Dahlhaus kannte, hörte man ein Rascheln von Papier, dann rief eine Frauenstimme: »Soll ich auch den Terminkalender wegräumen, Herr Kippenberger?«

Kippenberger gab keine Antwort. »Wovon redest du?« wiederholte er statt dessen.

»Du hast wieder eine Sekretärin?« fragte Dahlhaus.

»Ja«, sagte Kippenberger und wies auf eine Mittvierzigerin, die ins Wohnzimmer getreten war. Er stellte sie vor. Dahlhaus blieb sitzen und er sah, daß sie, außer einigen Aktenordnern, auch Kippenbergers Terminkalender unter dem Arm hatte.

»Das werfen wir jetzt alles auf den Müll«, sagte Kippenberger, und die Sekretärin, als wäre dies eine Aufforderung, trat in den Vorgarten hinaus.

Man hörte, wie sie am Container hantierte, ein dumpfes Aufklatschen. Kippenberger sah auf die Uhr.

»Ich muß jetzt gehen«, sagte er. »Aber du kannst bleiben. Du weißt ja, wo der Schlüssel hingehört.«

»Unter den Holzkasten.«

»Richtig«, sagte Kippenberger. »Und grüß Lore von mir. Ich hätte Lust, wieder einmal Karten zu spielen.«

Eine halbe Stunde später saß Dahlhaus immer noch in derselben Haltung da: Mit hängenden Schultern, den Blick auf die leeren Tassen gerichtet. ›Alles ist wie früher‹, dachte er. ›Der gleiche Enthusiasmus, der Sinn fürs Geschäftliche, der Blick auf die Uhr. Als wäre nie etwas gewesen. Wie ist das möglich! Man sollte wenigstens die Erinnerungen retten‹, dachte er und war versucht, in dem Container nach dem Tagebuch zu suchen.

In die Wohnung am Roseneck zurückgekehrt, wartete er auf eine Gelegenheit, um mit Lore darüber zu reden. Zunächst schien es ihm wichtig, ihr klarzumachen, daß ihm Kippenbergers wiedergewonnener Elan, den Lore begrüßte, irgendwie nicht geheuer war.

»Was heißt nicht geheuer«, sagte Lore. »Daß ein Mann von seinem Liebeskummer läßt und zu den wichtigen Dingen des Lebens zurückfindet?«

»Und welches sind die wichtigen Dinge des Lebens?« fragte Dahlhaus.

In der Praxis verzog er vor Schmerzen ständig das Gesicht, sprach mit Lore, die im Nebenzimmer beschäftigt war, kein Wort, obwohl sie seit langem die Angewohnheit hatten, sich durch die offene Tür hindurch zu verständigen, und er setzte, was noch nie vorgekommen war, seinem Patienten die Zahnfüllung zu spät ein, so daß er gezwungen war, den hartgewordenen Mörtel wieder abzuschleifen.

Irgendwann stand Lore in der Tür und sah ihm zu, sah, wie er sich, immer bemüht, das Knie nicht gegen den Behandlungsstuhl zu drücken, wie er sich mit einer einfachen Zahnfüllung abmühte, und eine Stunde später, als beide im hinteren Zimmer waren, um sich umzuziehen, sagte er zu Lore:

»Ich mag es nicht, wenn man mir bei der Arbeit zusieht.«

»Es wäre vernünftiger, du würdest dich endlich um dein Knie kümmern«, antwortete Lore.

»Vernünftig«, wiederholte Dahlhaus, und wie einmal schon, auch damals geschah es nach einem harmlosen Wortwechsel, sah er sie aus eigentümlichen Augen an.

19

Eine Woche später, Lore hatte ihn eingeladen, erschien Kippenberger zum Abendessen. Er wirkte aufgeräumt, rieb sich die Hände, hatte rote Flecken auf der Stirn. Er setzte sich, lobte das Essen, und natürlich gab es, da sie unter sich waren, keinen besonderen Aufwand. Lore meinte, sich dafür entschuldigen zu müssen.

»Als ich das letzte Mal richtig gekocht habe«, sagte sie, »gab es gebackene Auberginenscheiben, darauf Krabben und Oliven.«

»Damals waren wir auch zu viert«, fiel ihr Dahlhaus ins Wort, und er erwähnte, wie bedauerlich es gewesen sei, daß Corinna nur mit mäßigem Appetit gegessen hätte. »Erinnert ihr euch«, fügte er hinzu, »wie aufrecht sie dasaß und wie sie alles, was sie auf dem Teller hatte, umständlich in kleine Stücke schnitt?«

Für Augenblicke herrschte Schweigen, dann sagte Lore: »Ich denke, das war jetzt unpassend. Welchen Grund sollten wir haben, uns an das Fräulein Mühlbauer zu erinnern?«

Ihr Ton fiel etwas zu scharf aus. Dahlhaus versuchte einzulenken:

»Wir beide haben keinen Grund. Meine Bemerkung war eher für Christian bestimmt.«

»Für mich? Wieso für mich!« sagte Kippenberger.

»Na, immerhin«, antwortete Dahlhaus und versuchte zu lachen. »Ich rede von der Frau, die dir bis vor kurzem noch wichtig gewesen ist.«

»Das hat sich, Gott sei Dank, erledigt«, sagte Lore.

»Erledigt!« Dahlhaus legte Messer und Gabel hin. »Es ist keine drei Wochen her, da mußte ich mir um Christian Sorgen machen.«

»Dafür muß ich mich entschuldigen. Ich war wirklich bescheuert«, sagte Kippenberger, aß weiter, wohl in der Annahme, daß man das Thema wechseln würde.

Aber Dahlhaus dachte nicht daran, auf die Blicke, die Lore ihm zuwarf, einzugehen. Vielmehr rückte er seinen Stuhl vom Tisch, verschränkte die Arme, eine Geste, die ganz und gar unpassend wirkte.

»Wie kannst du etwas bescheuert nennen, an dem du beinahe zugrunde gegangen bist«, sagte er. »Ich bitte dich, so kann man mit derlei Dingen nicht umgehen.«

Er war erregt, aber die anderen, ja, die anderen, die nun ebenfalls Messer und Gabel hingelegt hatten, waren, das sah er an ihren Gesichtern, meilenweit von dem entfernt, was ihn, Dahlhaus, aus der Fassung zu bringen drohte. Lore meinte offenbar, daß er über Dinge redete, die ihn nichts angingen, und dem Freund schien alles nur peinlich zu sein.

›Peinlich‹, dachte Dahlhaus und spürte, wie seine Erregung ins Leere lief und daß es sich nicht lohnte und sich vielleicht nie gelohnt hatte, mit Kippenberger befreundet zu sein.

Man aß weiter. Kippenberger lobte das Halbgefrorene, Dahlhaus stimmte ihm zu, Lore erläuterte das Rezept.

»Einen halben Liter Sahne«, sagte sie, »fünf Eigelb, dazu Orangenmarmelade und einen Schuß Grand Marnier.«

»Sahne und Eigelb werden kräftig geschlagen und nach dem Durcheinandermischen kommt alles in den Tiefkühler«, sagte Dahlhaus und versuchte zu lächeln.

Kippenberger beschrieb sein neues Büro, das jetzt in der Französischen Straße lag. Es sei wesentlich teurer als das alte, aber die gute Adresse würde sich bezahlt machen.

»Übermorgen machen wir eine kleine Einweihungsfeier«, sagte er und nahm beiden das Versprechen ab, auf jeden Fall dabei zu sein.

Er verabschiedete sich. Lore brachte ihn zur Haustür, die um diese Zeit abgeschlossen war, und als sie zurückkam, hörte sie, wie Dahlhaus in der Küche das Geschirr in die Spülmaschine räumte. Sie wollte ihm noch zurufen, er solle nicht die teuren Gläser mit hinzustellen. »Nicht die Gläser, die möchte ich selbst abwaschen«, wollte sie sagen, aber es klirrte bereits. Unüberhörbar, daß ein Glas auf den Fliesen zerbrach, und Lore nahm sich zusammen. Sie war ganz still, weil sie wußte, daß es jetzt ausgeschlossen war, Dahlhaus auch nur den geringsten Vorwurf zu machen.

20

Lore schlug vor, die Praxis für einige Wochen zu schließen.

»Vielleicht bist du überarbeitet«, sagte sie. »Und dies wäre auch ein Grund, warum dein Knie nicht besser wird. Wir sollten einmal verreisen«, fügte sie hinzu, und sie schlug allen Ernstes vor, es mit einer Kreuzfahrt in die Karibik zu versuchen.

Sie ging zum Reisebüro, besorgte mehrere Prospekte, in denen sie, während Dahlhaus sich in sein Zimmer zurückzog, immer wieder blätterte. Dahlhaus wußte nicht, wie er ihr dieses Vorhaben ausreden sollte, und er kam von der Vorstellung nicht los, daß er sich mit Lore auf jedem Schiff, ob in der Karibik oder anderswo, neuerdings langweilen würde.

›Es ist nicht zu erwarten‹, dachte er, ›daß sie, wie Corinna, wenn ich sie vor der Kabine allein lasse, auf wunderbare Weise verschwindet. Und falls ich sie fotografieren sollte, sie wird auf jedem Foto deutlich zu erkennen sein. Auch würde mich Lore niemals verlassen‹, dachte er und erschrak. ›Nein, nein, das ist es ja gerade, daß man sich auf Lore verlassen kann. Und daß unsere Ehe hält und daß wir es zu etwas gebracht haben, dies verdanken wir ausschließlich unserem Hang zur Nüchternheit. Ja, Nüchternheit‹, dachte Dahlhaus. ›Zwanzig Jahre hat es gedauert, zwanzig Jahre wird es so weitergehen‹, und er beschloß, um nicht verreisen zu müssen und um Lore keinen weiteren Grund zur Sorge zu geben, zwei Stunden länger zu arbeiten.

Er wies seine Sprechstundenhilfe an, keinen Patienten mehr aus Termingründen abzulehnen. Er war klug genug um zu wissen, daß er der Stimmung, der er in der letzten Zeit ausgeliefert war, nur mit äußerster Disziplin begegnen konnte. Und vor allem: Er wollte Lore beweisen, daß sich an seinen Gewohnheiten nichts geändert hatte.

›Warum auch‹, dachte Dahlhaus. ›Bis vor kurzem habe ich nicht einmal geahnt, daß ich zu solchen Stimmungen fähig sein könnte.‹

Er spürte, wie ihm alles spielend von der Hand ging. Ja, Dahlhaus war ein vorzüglicher Arzt und seine Geschicklichkeit und sein Einfallsreichtum hatten ihm nicht umsonst prominente Patienten eingebracht.

Lore bemerkte, daß er bei der Arbeit, trotz der zusätzlichen Stunden, nicht müde wurde. Sie nahm es als Beweis, daß er dabei war, seine Irritation, sie nannte es Nervenschwäche, allmählich zu überwinden, und irgendwann meinte Dahlhaus, er hätte Lust, wieder einmal Bridge zu spielen. Lore, die alles tat, um ihn zu zerstreuen, notierte sich die Namen der Freunde und Bekannten, die sie für den kommenden Freitag einladen wollte. Als sie aus dem Haus war, überprüfte Dahlhaus ihre Notizen, suchte nach dem Namen des Redakteurs vom Hörfunk, und da er nicht zu finden war, ging er zum Telefon und rief jenen, den er am Freitag unbedingt mit dabei haben wollte, an.

»Ich bitte Sie dringend zu kommen«, sagte er, um das Zögern des Redakteurs zu überwinden. »Ich möchte Sie etwas fragen, etwas, das sich am Telefon so rasch nicht erledigen läßt.«

Am Freitag abend, als alle längst um die Tische versammelt waren, mußte Dahlhaus lange warten und Lore fiel auf, daß er, als wäre er zerstreut, mehrmals die Karten, nachdem er sie gemischt hatte, falsch ausgab.

»Du solltest weniger trinken«, sagte sie, sah aber, wie unsinnig ihre Bemerkung war. Dahlhaus hatte für sich, die anderen tranken Whisky oder Mineralwasser, gar kein Glas hingestellt.

Gegen Viertel nach zehn, endlich, klingelte es an der Wohnungstür und Dahlhaus war schon über die Stufen hinweg ins Parterre hinuntergeeilt. Er erkannte durch das milchige Glas hindurch den Schatten jenes Mannes, auf den er wartete.

»Da sind Sie ja«, sagte er, während er dem Redakteur die Tür öffnete. »Hier ist ein Bügel, legen Sie ab«, sagte er und nahm, kaum daß der Redakteur seinen Mantel ausgezogen und auf den Bügel gehängt hatte, den um einen Kopf Größeren, indem er ihn um die Taille faßte, zur Seite.

»Zum Kartenspiel bleibt uns immer noch Zeit. Jetzt möchte ich Sie in aller Ruhe etwas fragen.«

»Ja?« sagte der andere und zog, da Dahlhaus zögerte, die Augenbrauen in die Höhe.

Dahlhaus sah, daß Lore auf die Treppe getreten war. Offenbar wollte sie wissen, wer da noch so spät an der Haustür geklingelt hatte, und so sprach Dahlhaus nicht weiter, hoffte darauf, daß sie, statt den Redakteur zu begrüßen, zu ihrem Tisch zurückkehren würde. Dies dauerte einen Augenblick, und nachdem Lore tatsächlich, sie nickte nur kurz, wieder verschwunden war, sagte Dahlhaus:

»Sie hatten neulich meiner Frau gegenüber den Namen Corinna Mühlbauer erwähnt.«

»Ja, und?« sagte der Redakteur.

»Und Sie hatten gesagt, sie sei leider gestorben.«

Der Redakteur lachte. Er erklärte, daß er dies im übertragenen Sinne gemeint hätte, genauer: Er sei mit Corinna Mühlbauer längere Zeit liiert gewesen.

»Aber sie hat mich sitzenlassen«, sagte er. »Und damit war sie für mich so gut wie...«

»Verstehe«, fiel ihm Dahlhaus ins Wort, und es war unverkennbar, daß er sich genierte.

Eine gute Stunde noch saßen sie beisammen. Dahlhaus hatte dem Redakteur seinen Platz angeboten. Er selbst wollte nicht mehr spielen. Er würde sich, wie er versicherte, um die Gäste kümmern. Und so sah man, wie er, es war nichts weiter, hin und wieder die Gläser nachfüllte, eine neue Flasche Mineralwasser holte oder darauf achtete, daß genügend Whisky bereitstand.

Als Lore die Gäste in die Garderobe begleitete, nahm er, sowie sich die Gelegenheit dazu bot, den Redakteur nochmals zur Seite, und wieder kam er auf das Fräulein Mühlbauer zu sprechen. Das heißt, er erwähnte ihren Namen nicht, wollte aber eine Auskunft haben.

»War sie ein Flittchen?« fragte er und tat, als würde man die kurze Unterhaltung von vorhin lediglich fortsetzen. »Ich meine, Sie waren nicht der einzige.«

Der Redakteur zeigte sich entgegenkommend.

»Nein«, sagte er und zog nun seinerseits Dahlhaus in eine Ecke. »Nein«, sagte er. »Corinna mußte man wirklich gern haben. Sie konnte nur gewisse Dinge nicht ertragen. Und wenn man ihr zu nahe trat, konnte es vorkommen, daß sie sich entzog. Ich hoffe, Sie verstehen, was ich meine«, fügte er hinzu, wobei er sich den Mantel zuknöpfte.

Und wie, als hätte er damit alles Nötige gesagt, gab er Dahlhaus die Hand, ging zu Lore, mit der er noch eine Adresse austauschte, und zehn Minuten später war auch dieser Bridgeabend beendet.

21

Der junge Mann, der die Post brachte, war meist freihändig auf seinem Rad unterwegs. Den Packen Briefe für die nächste Hausnummer unterm Arm, radelte er drauflos. Die Haare wehten ihm auf, wenn er hierhin und dorthin freundlich grüßte, und besonders Dahlhaus hatte die Angewohnheit, jedes Mal mit erhobener Hand zurückzugrüßen oder man sprach einige Worte miteinander, und eines Tages bekam Dahlhaus einen grauen, länglichen Umschlag, dessen Adresse mit der Hand geschrieben war.

›Eine blaßblaue Frauenhandschrift‹, dachte er unwillkürlich und erinnerte sich, daß er diese Redewendung in einer Fernsehzeitschrift gelesen hatte.

Irgendwie kam es ihm vor, als müsse er den Brief vor Lore verheimlichen. Er steckte ihn in die Jackentasche, und als er ihn endlich öffnete, sah er, wie richtig es gewesen war, ihn beiseite zu schaffen.

»Lieber Rainer Dahlhaus«, stand da in verdünnter blauer Tinte geschrieben, »Sie entschuldigen, daß ich Ihnen so unvermittelt schreibe, aber ich will Ihnen dafür danken, daß Sie mich neulich abend erwähnt und damit den anderen in Erinnerung gerufen haben. Nicht wahr, es ist wirklich erstaunlich, wie gut es Kippenberger wieder geht. Ich wohne übrigens ganz in Ihrer Nähe, siehe Absender, und gehe, daran hat sich nichts geändert, regelmäßig am Grunewaldsee spazieren. Vielleicht begegnen wir uns einmal? Ich würde mich freuen, Ihre Corinna Mühlbauer.«

Dahlhaus sah auf den Absender. Hier war die Tinte derart verblaßt, daß er nichts Genaues entziffern konnte. »Gärtnerstraße« glaubte er zu lesen, dann schob er den Brief in die Jackentasche zurück.

Zunächst war er empört. Wie kam diese Frau dazu, die Kippenberger verlassen und die ihm die Wohnung ausgeräumt hatte, wie kam sie dazu, sich darüber zu mokieren, daß es ihm wieder gut ging! Aber als er den Brief zum zweiten Mal las, fand er, daß sie lediglich erleichtert war oder besser, die Bemerkung, die Kippenberger galt, schien durchaus freundlich gemeint.

Eine ganz andere Sache war es, daß hier jemand Einzelheiten weitergetragen haben mußte, die das Abendessen und die Unterhaltung vor einigen Wochen betrafen, und dies konnte nur Kippenberger gewesen sein.

›Wie hätte sie sonst wissen können, daß ich über sie gesprochen habe‹, dachte Dahlhaus und nahm sich vor, Kippenberger zur Rede zu stellen.

Aber am selben Tag erreichte ihn eine weitere Nachricht. Als er von der Praxis nach Hause kam, entdeckte er durch die schmale Glasscheibe hindurch, daß da etwas Weißes im Briefkasten lag. Diesmal war es kein Umschlag, sondern ein gefalteter Zettel.

»Lieber Rainer Dahlhaus«, las er, »ich hätte eine Bitte. Ich vermisse einen silbernen Armreif. Er hat die Form eines Panthers, den man an Kopf und Schwanz einhaken kann, und ich bin sicher, daß sich dieser Armreif noch in Kippenbergers Wohnung befindet. Ich selbst habe, wie Sie wissen, keine Gelegenheit mehr, in der Griegstraße danach zu suchen. Wüßten Sie jemanden, der mir behilflich sein könnte? Ich grüße Sie, Ihre Corinna Mühlbauer.«

Dies las Dahlhaus und wieder in der blaßblauen, schwer entzifferbaren Handschrift, und es war unverkennbar, daß die Absenderin den Zettel eigenhändig in den Kasten geworfen haben mußte.

›Sie war an der Tür‹, dachte Dahlhaus und ertappte sich dabei, wie erleichtert er darüber war, daß sie Lore nicht angetroffen hatte.

Er wollte, was er immer tat, wenn er nach

Hause kam, erst einmal duschen, statt dessen ging er, kaum daß er die Nachricht gelesen hatte, es war schwül, er hatte den Mantel geöffnet, hatte eine vollgestopfte Aktentasche unterm Arm, statt dessen ging er die immerhin anderthalb Kilometer vom Roseneck zur Griegstraße, und er war froh, als er sah, daß Kippenbergers Wagen vor der Haustür parkte.

Die Haustür stand offen, ebenso die Tür vom Flur ins Wohnzimmer, und Dahlhaus hörte, wie Kippenberger in seinem Arbeitszimmer telefonierte. Er war sehr laut, gab irgendwelche Anweisungen. Dahlhaus hatte keine Gelegenheit, sich bemerkbar zu machen, und so sah er sich, immer die Aktentasche unterm Arm, im Wohnzimmer um. Er öffnete mit der freien Hand die Schubladen an Tisch und Kommode, und als er nach einem schwarzen Holzkasten griff, trat Kippenberger, das Telefon und den Hörer in der Hand, auf die Schwelle zum Arbeitszimmer.

»Was suchst du?« fragte er und Dahlhaus antwortete, als wäre es die selbstverständlichste Sache der Welt: »Den silbernen Armreif.«

»Warte«, antwortete Kippenberger und ging, soweit es die Telefonschnur erlaubte, auf die Konsole zu. Er streckte den Arm aus, faßte in eine Schale. »Hier«, sagte er und hielt Dahlhaus das gesuchte Schmuckstück hin. Dann ging er, indem er weiter telefonierte, in sein Arbeitszimmer zurück.

Dahlhaus betrachtete den Armreif und beschloß, vielleicht hatte Kippenberger, durch das Telefonieren abgelenkt, gar nicht bemerkt, was eben vorgefallen war, er beschloß, wie er gekommen war, wieder zu verschwinden. Aber kaum hatte er den Vorgarten hinter sich, kaum war er auf den Bürgersteig hinausgetreten, tippte ihm der Freund von hinten auf die Schulter.

»Ich warne dich«, sagte Kippenberger. »Falls du mit dem Ding etwas vorhast, es gehört Corinna.«

»Eben deshalb«, sagte Dahlhaus.

»Was heißt eben deshalb?« wiederholte Kippenberger.

Dahlhaus überlegte, ob er die Aktentasche ablegen sollte, um den gefalteten Zettel hervorzuziehen, aber ihm fiel ein, daß nicht er, sondern Kippenberger eine Erklärung schuldig war. Hatte er nicht Einzelheiten ihres letzten Zusammentreffens hintertragen und war dies nicht der Beweis, daß er, entgegen allem Anschein, den er selbst aufrechterhielt, immer noch Kontakt zu Corinna hatte? Andererseits hatte er ihm ohne zu zögern den Armreif ausgehändigt.

›Vielleicht tue ich ihm Unrecht‹, dachte Dahlhaus, und laut sagte er:

»Ich komme demnächst in dein Büro.«

»Ja, tu das«, sagte Kippenberger und sah, wie Dahlhaus, der sich umgedreht hatte und schon über die Spohrstraße hinaus war, den Armreif in die Manteltasche schob.

22

»Was ist das für ein Armreif?« fragte Lore und spielte mit dem Sicherheitskettchen.

Dahlhaus tat erstaunt.

»Wo hast du das gefunden?«

»In deiner Manteltasche.«

›Sie faßt mir neuerdings in die Manteltaschen‹, dachte Dahlhaus und erklärte, jemand hätte den Armreif in der Praxis liegengelassen, die Sprechstundenhilfe würde schon wissen wer, und auf Lores Frage: »Warum schleppst du ihn dann mit dir herum?« blieb er die Antwort schuldig.

›Das Ding muß aus dem Haus‹, dachte er und auf der Fahrt zur Praxis nahm er einen Umweg über den Hagenplatz, wo er den Wagen anhielt und die Scheibe herunterdrehte. Er hatte den grauen Umschlag des ersten Briefes bei sich, hatte nochmals versucht, den Absender zu entziffern.

»Ich suche die Gärtnerstraße«, sagte er zu einem Zeitungsverkäufer. »Oder können Sie lesen, was hier steht.« Der andere, der mürrisch und als gäbe es etwas Besseres zu tun, einen Blick auf die blaßblaue Tinte warf, schüttelte den Kopf und drehte Dahlhaus den Rücken zu.

In der Praxis bat Dahlhaus die Sprechstundenhilfe, indem er ihr den Armreif aushändigte, nachzuprüfen, wer ihn vergessen haben könnte, und er forderte sie auf, in einem Stadtplan nach der Gärtnerstraße zu suchen.

»Nach der Gärtnerstraße, Sie verstehen«, sagte er. »Sie muß in der Nähe vom Roseneck sein.«

Am nächsten Morgen geschah, was er befürchtet hatte. Die Post kam früher als gewöhnlich, und ehe er dies bemerkt hatte, hörte er, wie Lore den Briefkasten aufschloß. Es war ein kurzes, metallenes Geräusch. Dahlhaus ging die Treppe hinunter, erkannte einen grauen, länglichen Umschlag, den Lore in der Hand hielt. Er wollte verhindern, daß sie ihn öffnete.

›Warum eigentlich‹, dachte er. ›Ich habe nichts zu verbergen.‹

Und als Lore den Umschlag aufriß, wartete er ruhig ab, bis sie den Brief gelesen hatte. Lore hob den Kopf und sah ihm ins Gesicht. Dahlhaus nahm ihr den Brief aus der Hand, und was er vor Augen hatte, waren nur wenige Zeilen.

»Ich bin sicher«, las er, »daß Sie den Armreif gefunden haben. Am besten, Sie schicken ihn an meine Adresse oder besser: Kommen Sie heute gegen fünf Uhr zur kleinen Holzbrücke am Grunewaldsee. Ich werde dort unterwegs sein.«

»Du kennst ihre Adresse?« fragte Lore.

»Sie ist nicht zu entziffern.«

»Und der Armreif gehört Corinna Mühlbauer?«

Dahlhaus ließ die Arme hängen, und es war beiden klar, daß es nun nichts weiter zu sagen gab. Schweigend gingen sie auseinander. Dahlhaus sah, daß der Brief diesmal nur mit den Initialen C. M. versehen war, und am Nachmittag, es war gegen vier Uhr, trat Lore in die Tür, die beide Behandlungszimmer trennte. Sie sagte:

»Falls dir unsere Ehe noch etwas bedeutet, gib alle Sachen, die du von ihr hast, an Christian zurück.«

Dahlhaus schwieg. Einen Augenblick sah Lore ihm bei der Arbeit zu, und als würde ihr einfallen, daß dies schon einmal so gewesen war und daß er sich darüber beschwert hatte, murmelte sie eine Entschuldigung und schloß die Tür.

Zwei Tage später bekam Dahlhaus wieder einen grauen, länglichen Umschlag und am späten Nachmittag saß er in Kippenbergers neuem Büro. Er übergab ihm den silbernen Armreif und die Briefe.

»Was soll ich damit?« fragte Kippenberger.

»Den Armreif kannst du in die Schale zurücklegen. Und es wäre freundlich, wenn du wenigstens einen Blick in die Briefe werfen würdest.«

Kippenberger entfernte das Gummiband, das

die Umschläge zusammenhielt, und bevor er den letzten Brief hervorzog, der mehrere Seiten lang war, fragte er:

»Du hast nie herausbekommen, wo sie wohnt?«

»Nie«, antwortete Dahlhaus.

Kippenberger runzelte die Stirn. Auch er hatte offenbar Mühe, die Schrift mit der überaus blassen Tinte zu entziffern.

»Gärtnerstraße«, sagte er schließlich.

»Es gibt aber keine Gärtnerstraße, weder in Wilmersdorf, noch in Charlottenburg.«

Kippenberger faltete die erste Seite auseinander und begann zu lesen. Er verzog keine Miene. Die zweite Seite schien er zu überfliegen und die dritte ließ er unbeachtet. Mit ruhigen Händen steckte er alles in den Umschlag zurück.

»Falls sie mit dir anbändeln will, ich kann dich nur warnen«, sagte er.

»Wenn es stimmt, was du sagst«, entgegnete Dahlhaus, »ich habe keinen Grund daran zu zweifeln, ich meine, daß du sie nie wieder gesehen oder gesprochen hast... Warum erwähnt sie mir gegenüber Dinge, von denen sie nichts wissen kann?«

»Darüber würde ich keine Minute nachdenken.«

»Warum nicht?«

»Weil es sich nicht lohnt«, sagte Kippenberger.

Für einen Augenblick schien es, als wäre damit alles geklärt. Kippenberger saß aufrecht in seinem Stuhl, hatte die Beine übereinandergeschlagen, und er wirkte wie jemand, der mit sich und der Welt im reinen war. Er hatte wieder Erfolge, konnte sich vor Aufträgen kaum retten, seine Gesundheit war bestens, er fühlte sich kräftig und unternehmend wie lange nicht mehr.

›Aber deswegen muß er die Briefe nicht von sich schieben, als wären sie Makulatur‹, dachte Dahlhaus.

Er fühlte sich aufgefordert, Kippenberger zu sagen, daß es die Zeit mit Corinna immerhin gegeben hätte, und als müsse er dem Freund eine alte, wertvolle, aber verratene Liebe in Erinnerung rufen, begann er von den Ungereimtheiten zu reden, die Kippenberger mit Corinna erlebt hatte.

»Man bildet sich viel ein, wenn man das Glück herbeizwingen will«, sagte Kippenberger. »Corinna hat versucht, sich selbst und andere, ich bin ihr gefolgt, über eine Grenze zu ziehen. Aber, Rainer, du kannst mir glauben: Da ist nichts und wir sollten die Jahre, die uns noch bleiben, nutzen. Hattest du nicht vor, deine Praxis zu erweitern?«

Dahlhaus faßte sich ans Knie, und als der Freund wissen wollte, ob er immer noch Schwierigkeiten hätte, zog er das Hosenbein hoch und ließ es zu, daß Kippenberger das geschwollene Knie berührte. Dabei spürte er, wie gleichgültig ihm Kippenbergers Anteilnahme war, so gleichgültig wie die ständigen Aufforderungen Lores, etwas zu unternehmen. Und war es nun ein Anflug von Resignation oder weil er keine Lust hatte, über seine Pläne zur Erweiterung der Praxis zu reden, oder war es, weil ihn Kippenbergers Desinteresse an den Briefen gekränkt hatte, er forderte Briefe und Armreif zurück, und auf der Heimfahrt war er entschlossen, doch noch herauszufinden, wo Corinna wohnte.

Am Roseneck fand er keinen Parkplatz und er ertappte sich dabei, wie er, statt am Hohenzollerndamm oder in der Clayallee danach zu suchen, ohne Grund in die Bernadottestraße einbog, die er bis zum Ende, bis zur Waldmeisterstraße, entlangfuhr.

›Warum habe ich nie versucht, sie auf ihren Spaziergängen zu treffen‹, dachte Dahlhaus und nahm sich vor, beim nächsten Mal die wenigen Schritte bis zu den Tennisplätzen und darüber hinaus in Richtung Hundekehlefenn zu gehen.

23

Das Frühjahr verging und im August, darauf hatte Lore bestanden, wurde die Praxis für mehrere Wochen geschlossen. Aber von der gemeinsamen Schiffsreise in die Karibik war keine Rede mehr. Lore fuhr zu ihren Eltern nach Stuttgart und Dahlhaus wollte seinen Urlaub in Berlin verbringen. Er war froh, daß Lore über die Annäherungsversuche des Fräulein Mühlbauer hinweggesehen hatte, und wenn wieder ein graues, längliches Kuvert unter der Post war, konnte Dahlhaus sicher sein, daß es gesondert auf dem Garderobentisch lag. Es war Lore anzumerken, daß sie zurückhaltender geworden war. Sie besprachen nur noch die nötigsten Dinge miteinander, und es schien ihr gleichgültig, ob Dahlhaus humpelte oder nicht.

»Falls du Schmerzen hast, im Glasschrank liegen Tabletten«, sagte sie, ehe sie zum Flughafen fuhr, dann war Dahlhaus in der großen Maisonettewohnung allein, und er wußte zunächst nicht, was er davon zu halten hatte.

Ja, das Knie! Das war eine Schwierigkeit, mit der er fertig zu werden wünschte. Andererseits spürte er, als er es mit einem nassen Lappen zu kühlen versuchte, daß ihm mit der Schwellung, die er jetzt auch unter der Kniescheibe mit dem Finger deutlich ertasten konnte, daß ihm mit dieser sich ausbreitenden Entzündung etwas entstanden war, das vielleicht mehr erforderte, als den üblichen Arztbesuch.

›Was‹, dachte er, ›werde ich tun, wenn sich dies hier als endgültig erweist.‹ Und nun kam ihm die Aufforderung Kippenbergers, die Ärmel hochzukrempeln und, koste es was es wolle, die nächsten Jahre zu nutzen, geradezu lächerlich vor. Der unbedingte Wille zu leben! ›Als würde es ewig dauern‹, dachte er. Gleichzeitig wehrte er sich gegen den Gedanken, daß es damit ein Ende haben könnte, und wieder, wie in letzter Zeit so oft, hatte er den Wunsch, die Dinge um sich her umzudeuten. Genauer: Er hatte eine Sehnsucht nach Ungereimtheiten, und was Kippenberger mit einer Handbewegung abgetan hatte, gerade dies wirkte auf ihn wie ein Sog.

›Es ist schon merkwürdig‹, dachte er, ›daß sie in ihren Briefen Dinge benennt, von denen nur ich etwas wissen kann.‹ Er griff nach einem Umschlag, der zwischen zwei Büchern eingeklemmt war, und er las, was er sich am Rand angekreuzt hatte: Den Hinweis auf den Film. Und wie strikt sie den Selbstmord der Friseuse verteidigte! Die

Beteuerung, wie froh sie darüber sei, daß er, Dahlhaus, Geschmack an einer anderen Form des Glücks gefunden hätte, zu der Kippenberger offenbar unfähig gewesen war.

›Unfähig‹, dachte Dahlhaus und versuchte sich zu erinnern, wie oft er diese Frau gesehen hatte, und er wollte nicht glauben, daß es so selten gewesen war.

›Einmal‹, dachte Dahlhaus, ›haben wir zusammen Bridge gespielt. Dann haben wir nach der geplatzten Hochzeit gemeinsam gegessen. Und auch sonst haben wir uns zwei- oder dreimal getroffen. Und wie sehr er sich auch bemühte herauszufinden, ob ihm an Corinna etwas Außergewöhnliches aufgefallen war, er konnte nur sagen, daß sie dunkle Ringe unter den Augen hatte.

›Ja, dunkle Ringe‹, dachte Dahlhaus, ›als würde sie zu wenig schlafen.‹

Am nächsten Tag hatte er Grund, seine Grübeleien fortzusetzen. Er fand im Briefkasten eine Karte vor. Es war eine Fotografie mit der Unterschrift »Rauhreif im Grunewald, um 1910«. Aber dies war es nicht, was ihn faszinierte.

»Wo bleiben Sie?« war auf der Rückseite zu lesen. »Da Sie mich auf meinen Spaziergängen nicht treffen wollen, bin ich gezwungen ...«

›Ein Scherz‹, dachte Dahlhaus und sah auf die weibliche Figur, die im Vordergrund abgelichtet war. Sie war in Hut und Mantel und stand wie verloren vor einer diesigen Landschaft. Oder ging sie auf ein Waldstück zu, dessen Bäume mit Rauhreif überzogen waren? Überall frischgefallener Schnee. Ja, sie schien unterwegs zu sein, und sie folgte, dies entdeckte Dahlhaus jetzt erst, einem Mann, der offenbar vorausgegangen war und der in dem trüben Winterlicht wie ein Schemen wirkte. Da war ein Abstand, der die beiden auf unwiderrufliche Weise trennte. Es war, als müßten sie ewig und ohne sich je zu erreichen hintereinander hergehen.

Das Foto zog ihn unwiderstehlich an. Und waren es nun die wenigen Zeilen, die Corinna ihm als Anspielung zugeschickt hatte, oder war es die Tatsache, daß eine Momentaufnahme aus dem Jahre 1910 wie unverbraucht, wie auf selbstverständliche Weise zeitlos wirkte, er kam von dem Eindruck nicht los, daß hier so etwas wie eine Grenzüberschreitung zu sehen war. Genauer: Das Foto wirkte auf Dahlhaus wie der Beweis, daß es hinter einer diffusen Schattenlinie durchaus etwas gab, das mehr war als das sprichwörtliche Nichts.

›Eine andere Form des Glücks‹, dachte Dahlhaus und beschloß, am nächsten Tag einen Termin beim Arzt zu vereinbaren. Und am Abend, als er mit Lore telefonierte, wirkte er durchaus entspannt, als er ihr mitteilte: »Ich lasse mich operieren. Aber die drei Wochen bis dahin, ich meine den Urlaub, verbringe ich diesmal anders als sonst.«

Mehr sagte er nicht, und nachdem sie noch einige Belanglosigkeiten ausgetauscht hatten, legte er den Hörer wieder auf.

24

Zunächst reparierte Dahlhaus das Sicherheitskettchen am Armreif, das gerissen war. Umständlich hantierte er mit einer viel zu großen Zange, bis es ihm schließlich mit Hilfe einer Pinzette gelang, die filigranen Glieder miteinander zu verhaken. Er suchte nach einer Schachtel, und nachdem er den Armreif, als wäre es ein Geschenk, darin verpackt hatte, verbrachte er noch eine Viertelstunde vor dem Spiegel, um sich zu rasieren.

Wenig später war er auf der Waldmeisterstraße zum Hundekehlefenn unterwegs. Es war gegen fünf Uhr nachmittags. Bevor er die Anhöhe verließ, blieb er stehen, übersah die Menge der Spaziergänger, und nun achtete er darauf, daß er jene nicht aus den Augen verlor, die allein und ohne Hund unterwegs waren. Als er den geschotterten Weg erreicht hatte, verlor er in dem Gedränge jede Zuversicht und er beschloß, es einige Stunden später nochmals zu versuchen.

›Da sie täglich unterwegs ist und da sie mich auffordert, sie hier zu treffen, kann ich damit rechnen, daß auch sie Ausschau hält‹, dachte er.

Dies ging über zwei, drei Tage. Er kam am

frühen Morgen, kam sogar mittags, wenn hier der Badebetrieb begann, um nach dem Fräulein Mühlbauer zu suchen. Zwecklos, und zuletzt saß er in seiner Maisonettewohnung, um das Knie, das ihm zu schaffen machte, mit essigsauren Umschlägen zu kühlen. Er hatte einen Faltplan vor sich ausgebreitet, versicherte sich nochmals, daß es in unmittelbarer Nähe des Rosenecks keine Gärtnerstraße gab, nur in Friedrichshain und Hohenschönhausen, dies fand er heraus, waren zwei Straßen mit diesem Namen aufgeführt.

Lustlos aß er zu Mittag, und da er nicht wußte, was zu tun war, und da er die Hoffnung aufgegeben hatte, das Fräulein Mühlbauer am Grunewaldsee doch noch zu treffen, stieg er in seinen Wagen.

›Was ist schon dabei. Ich sehe mir die Gegend an‹, dachte er, kam aber nur bis zur Schönhauser Allee.

Hier war die Straße nach Pankow und darüber hinaus nach Hohenschönhausen gesperrt. Also fuhr er nach Friedrichshain, und nachdem er dort die Gärtnerstraße gefunden hatte, hielt er mit seinem Wagen vor der angegebenen Hausnummer, zögerte aber auszusteigen. Er genierte sich, sah den Kindern zu, die auf dem Bürgersteig herumtollten, rührte sich auch nicht, als sie mit einem Stock die Heckscheibe berührten.

›Was tue ich hier‹, dachte er und erschrak bei dem Gedanken, Lore könnte, aus welchen Gründen auch immer, früher als verabredet zurückkommen und könnte ihn in seinem Zustand sehen. Er hatte das Kinn auf das Lenkrad gestützt. ›Ich fahre auf dem kürzesten Weg nach Hause‹, dachte er, ›um erst einmal zu schlafen.‹

Keine halbe Stunde später saß er in Maldinis Wohnung und trank Whisky aus einem Wasserglas.

»Schön, daß wir uns wieder einmal sehen«, sagte Dahlhaus, und Maldini, der nicht wußte, warum Dahlhaus, ohne sich vorher anzumelden, an der Wohnungstür geklingelt hatte, Maldini saß auf der Kante seines Stuhls, bereit, sich jeden Augenblick zu erheben.

»Die Möbel sind restlos zurückgegeben worden.«

»Ich weiß, ich weiß«, antwortete Dahlhaus und überlegte, wie er dem anderen verständlich machen sollte, daß er nicht wegen der Möbel gekommen war und auch nicht, weil der Freund immer noch unter Liebeskummer litt.

›Nein‹, dachte Dahlhaus, ›das ist Schall und Rauch. Ich bin es, der es jetzt nötig hat, die Adresse des Fräulein Mühlbauer herauszufinden.‹

Er zog die Schachtel mit dem Armreif aus der Jackentasche und erklärte Maldini, was es für eine

Bewandtnis damit hatte. Umständlich sprach er davon, wie wichtig es für das Fräulein Mühlbauer sei, dieses Schmuckstück zurückzubekommen.

»Aber mir fehlt die Adresse, Sie verstehen«, sagte Dahlhaus und begann, als müsse er beweisen, daß alles seine Richtigkeit hatte, das Papier von der Schachtel abzustreifen. »Sehen Sie«, er öffnete den Deckel. »Sehen Sie«, wiederholte er, »sie weiß, daß ich ihn gefunden habe, und wartet darauf, ihn endlich wieder tragen zu können.«

Maldini griff nach dem Armreif, streifte ihn sich über das linke Handgelenk, und Dahlhaus fürchtete, daß er ihm Fragen stellen würde, Fragen, die er nicht hätte beantworten können. Etwa: Warum man ihn darum bitte, einen Armreif zu suchen und, falls er ihn fände, abzuschicken, ohne eine lesbare Adresse zu hinterlassen? Oder: Wie es käme, daß er, Dahlhaus, statt sich um den Freund zu kümmern, jetzt lieber der treulosen Geliebten eine Gefälligkeit erweisen möchte? Dies alles, so kam es Dahlhaus jedenfalls vor, hätte Maldini fragen können, statt dessen erhob er sich, ging zu dem kleinen Tisch. Eine Weile kramte er zwischen Papieren herum.

»Falls sie nicht wieder weggezogen ist und falls sie keine Tabletten genommen hat, sollten Sie sie hier suchen«, sagte er und hielt Dahlhaus eine Art Visitenkarte hin.

Es war ein mit dem Computer gefertigter Ausdruck, der mit der Hand mehrmals korrigiert worden war, und Dahlhaus achtete darauf, daß er in der Unübersichtlichkeit, die dadurch entstand, auch wirklich alles entziffern konnte.

»Höhmannstraße?« fragte er und wies mit dem Finger auf eine durchgestrichene, dann wieder erneuerte Zeile.

»Allerdings«, sagte Maldini. »Und gehen Sie am besten nach acht Uhr abends hin. Um diese Zeit ist sie meist zu erreichen, wie gesagt, falls sie nicht wieder weggezogen ist.«

Dahlhaus versuchte, die Schachtel einzuwickeln. Es gelang ihm nicht, da das Papier an mehreren Stellen gerissen war.

»Warten Sie«, sagte Maldini, ging ins Nebenzimmer und kam mit einer Rolle Glanzpapier zurück, das er mit einer Schere zurechtzuschneiden begann.

Dahlhaus war ihm behilflich, und erst, als sie das neue Papier um die Schachtel gewickelt hatten und sozusagen vierhändig versuchten, das Seidenband zurechtzuzurren, ja, jetzt erst bemerkten sie, daß sie sich gegenseitig behinderten und wie unangemessen ihr Eifer war.

›Als wären wir Rivalen‹, dachte Dahlhaus und zog augenblicklich die Hände zurück.

Maldini knotete noch eine Schleife.

»Sie sagten vorhin, daß sie Tabletten nehmen könnte. Ist sie krank?«

»Nein«, sagte Maldini. »Das sind Dinge, die nur Corinna etwas angehen.«

Dahlhaus wollte ihn bitten, ihm diese oder jene Vorliebe des Fräulein Mühlbauer mitzuteilen. Welche Art Blumen er mitbringen sollte. »Gesetzt den Fall, ich entschließe mich sie zu besuchen«, wollte er hinzufügen, um nicht wieder den Eindruck falschen Eifers aufkommen zu lassen, und Maldini, als hätte er längst verstanden und als wäre es ihm unangenehm sich bitten zu lassen, Maldini faßte ihm vertraulich auf die Schulter und sagte:

»Machen Sie sich keine Sorgen. Da Corinna Ihnen geschrieben hat, wird sich alles wie von selbst erledigen.«

»So«, sagte Dahlhaus und versuchte, so rasch wie möglich von dieser Berührung loszukommen.

In der folgenden Nacht lag er lange wach. Er hatte mit Lore telefoniert, und er hatte, als er versicherte, er würde oft auf dem Bett liegen, um das Knie zu schonen, einen schalen Geschmack auf der Zunge. Es fiel ihm schwer, die Unwahrheit zu sagen. Andererseits wußte Lore längst, daß er bemüht war, dem Fräulein Mühlbauer den Armreif zukommen zu lassen, und die Briefe hatte sie ihm wie selbstverständlich auf den Garderobentisch gelegt.

›Kein Grund zur Aufregung‹, dachte Dahlhaus und nahm sich vor, am nächsten Tag die Straße, die ihm Maldini genannt hatte, ausfindig zu machen.

25

Wer regelmäßig mit dem Wagen zur Koenigsallee fährt, um in der Nähe des Hundekehlefenns zu parken, dem fällt eine gemauerte Treppe auf, deren Ornamente an den Jugendstil erinnern. In Augenhöhe ein Emailleschild mit der Aufschrift »Zur Höhmannstraße 1–10«. Hat man die Treppe hinter sich gelassen, ist man auf der Anhöhe, die auf die Griegstraße zuführt.

›Ein und dieselbe Gegend‹, dachte Dahlhaus. ›Ich hätte ebensogut zu Fuß gehen können.‹

Aber er wußte, wie unmöglich dies gewesen wäre. Er hätte sich wieder Schmerzen im Knie zugezogen. Er ging die Höhmannstraße entlang. Sie war überaus kurz. Es dauerte keine zehn Minuten, dann hatte Dahlhaus die Hauseingänge abgeschritten. Nirgends ein Namensschild, das ihm hätte weiterhelfen können, und er war schon im Begriff irgendwo zu klingeln und nach dem Fräulein Mühlbauer zu fragen, da fiel sein Blick auf ein kleines Gebäude, das abseits am Hang stand. Es war eines der üblichen Gartenhäuser, gebaut um die Jahrhundertwende. Meist waren sie zu klein, um darin zu wohnen, aber dieses hier schien geräumig zu sein. Es hatte einen Schornstein und hinter den zugezogenen Vorhängen brannte Licht.

Dahlhaus wartete, bis es dunkler wurde, und als er den schmalen Fußweg betrat, der auf das Gebäude zuführte, hörte er ein Räuspern. Er trat zur Seite, rechtzeitig genug, um jemandem auszuweichen, der grußlos an ihm vorbeiging. Es war ein Mann mittleren Alters, und die Art, wie er sich eilig die Jacke zuknöpfte und wie er an der Krawatte zog, ja, eben dies vermittelte den Eindruck, als wollte er jede Spur von Unordnung an sich beseitigen. Dahlhaus sah ihm nach, sah, wie er in der Höhmannstraße verschwand, dann fiel Licht auf den Kiesweg, und nun hatte er allerdings Grund, sich weiter zurückzuziehen. Unübersehbar, daß Corinna Mühlbauer vor dem Eingang zum Gartenhaus stand und daß sie, so kam es Dahlhaus jedenfalls vor, wie auf dem Foto gekleidet war. Da war der lange, bis zu den Knöcheln reichende Mantel, dazu ein Muff, den sie in der Hand hielt, während sie bemüht war, ihr Haar hochzustecken. Sie setzte sich einen breitkrempigen Hut auf.

›Wie auf dem Foto‹, dachte Dahlhaus und kam von dem Eindruck nicht los, daß sie nun, da sie an ihm vorbeiging und ebenfalls in der Höhmannstraße verschwand, daß sie dem anderen, dem Mann mittleren Alters, als wäre er vorausgegangen, folgte. Er hörte eine Autotür klappen, das Quietschen von Reifen.

›Also ist er weggefahren‹, dachte Dahlhaus und spürte, wie angenehm ihm dieser Gedanke war. Es war zwar kühl, aber immer noch Hochsommer. ›Warum also‹, dachte Dahlhaus, ›sollte sie einen Wintermantel tragen.‹

Oder hatte er sich geirrt? Und wie, als müsse er dies überprüfen, bog auch er rasch in die Höhmannstraße ein. Keine dreißig, vierzig Schritt, er hatte den Abhang erreicht, und nun sah er sie wieder, sah, wie das Fräulein Mühlbauer auf dem Weg zum See unterwegs war.

Er folgte mit dem nötigen Abstand, wartete auf eine Gelegenheit sie einzuholen, um ihr die Schachtel mit dem Armreif zu überreichen, und als sie plötzlich rascher ging, blieb er stehen. Sie hatte die Gaststätte Paulsborn erreicht, und Dahlhaus sah von weitem, wie zielgerichtet sie hinter der Biegung, die durch einen Zaun abgesichert war, verschwand, und er wußte nicht zu sagen, ob sie durch den Zaun hindurch die Niederungen passierte oder ob sie sich an den vorgeschriebenen Weg hielt.

›Sie muß am anderen Ufer wieder auftauchen‹, dachte Dahlhaus, und er wollte ihr, wie damals Kippenberger, sobald er sie sehen würde, etwas zurufen, etwas, das sie veranlassen sollte, sich ihm zuzuwenden. Der See war an dieser Stelle keine hundert Meter breit, die Wasserfläche hell. ›Wir werden einander erkennen können‹, dachte Dahlhaus, aber wie lange er auch wartete, und er hatte ausreichend Zeit und Geduld, das Fräulein Mühlbauer zeigte sich nicht mehr.

Irgendwann, seine Aufmerksamkeit hatte nachgelassen, schlenderte Dahlhaus bis zur Gaststätte, versuchte durch den Zaun hindurch die Niederungen zu überblicken. Zwecklos, dort unten herrschte ununterschiedene Dunkelheit.

›Die Wahrheit liegt im Verschwinden‹, dachte er und war erleichtert, daß ihm wenigstens dieser Satz, den er in Kippenbergers Tagebuch gelesen hatte, wieder einfiel.

Am gleichen Abend, er hatte Lore später angerufen, als verabredet, zeigte er sich gesprächig. Er war guter Laune und versicherte, ohne zu erklären, was er damit meinte, daß er voller Zuversicht sei. Dies, betonte er, bezöge sich nicht nur auf das Knie, das sich zu bessern begänne. Aber er konnte und wollte nichts Genaueres sagen, und dabei, Lore stellte keine Fragen, ließ er es bewenden.

Am nächsten Abend war Dahlhaus wieder unterwegs und nochmals: Wer regelmäßig mit dem Wagen zur Koenigsallee fährt, um in der Nähe des Hundekehlefenns zu parken, dem fällt eine gemauerte Treppe auf, deren Ornamente an den Jugendstil erinnern. In Augenhöhe ein Emailleschild mit der Aufschrift »Zur Höhmannstraße 1–10«. Hat man die Treppe hinter sich gelassen, ist man auf der Anhöhe, die auf die Griegstraße zuführt.

›Ein und dieselbe Gegend‹, dachte Dahlhaus. ›Ich hätte ebensogut zu Fuß gehen können.‹

Und so stand er das zweite Mal vor dem schmalen Weg, der auf das Gartenhaus zuführte, spürte, wie erregt er war. ›Diese ewige Anspannung‹, dachte er und wartete, bis es dunkler wurde und bis hinter den zugezogenen Vorhängen Licht zu erkennen war. Er gab sich einen Ruck, und als er das Gartenhaus erreicht hatte, hörte er eine Frauenstimme.

»Es freut mich, daß Sie da sind«, sagte Corinna Mühlbauer, die in der Tür stand.

Sie streckte ihm die Hand entgegen, bat ihn einzutreten. Dahlhaus sah, daß sie tatsächlich tiefe, überaus dunkle Ringe unter den Augen hatte, und wann er ihr die Schachtel mit dem Armreif überreichte, wußte er nicht zu sagen. Er wußte nur, daß sie ihn am Handgelenk trug, während sie das Sofa, auf dem er Platz nehmen sollte, ordnete, und er wunderte sich, daß ihm diese Frau, die er als Verlobte seines Freundes

Kippenberger immer mit einem gewissen Abstand betrachtet hatte, so vertraut vorkam.

›Was für eine selbstverständliche, ganz und gar unverhoffte Nähe‹, dachte Dahlhaus, ehe er in dem weichen Polster versank.

Sicher, es verging einige Zeit, bis er die Situation, in der er sich befand, gelten ließ und er versuchte, als Corinna sich neben ihn setzte, dies nicht mißzuverstehen, und als sie einige Worte des Bedauerns über Kippenberger äußern wollte, winkte er ab. Er bedankte sich für die Briefe, ging scherzhaft darauf ein, daß sie Dinge über ihn wüßte, die ihm selbst verborgen geblieben wären. Sie plauderten über dieses und jenes, tranken zusammen eine Flasche Wein, und als sie ihn bat, es war gegen elf Uhr, die Nacht über bei ihr zu bleiben, schien ihm dies kein Problem zu sein.

Am Morgen darauf erwachte Dahlhaus wie aus einem schweren, bleiernen Schlaf, und es dauerte eine Weile, ehe er begriff, daß jemand an ihm rüttelte. Zwei Männer standen neben dem Sofa und verlangten, er solle sich aufrichten. Dahlhaus faßte sich ans Knie, spürte, daß der Schmerz verschwunden war, und auch sonst, so kam es ihm jedenfalls vor, war da keine entzündliche Schwellung mehr. Aber er hatte keine Zeit, sich darüber zu wundern. Wieder wurde er heftig an der Schulter berührt und Dahlhaus sah, daß es

Maldini war, der ihn aufforderte, endlich, es sei hellichter Tag, zu sich zu kommen.

»Wo ist Corinna?« fragte Dahlhaus.

»Immer unterwegs«, antwortete Maldini.

Der andere hielt Dahlhaus das Jackett, das dieser neben dem Sofa abgelegt hatte, und die offene Brieftasche hin.

»Ist das alles?« fragte er.

Man trat einige Schritte zurück, wartete, bis Dahlhaus sich Hemd und Hose angezogen hatte, aber als er nach der Brieftasche greifen wollte, bekam er einen Stoß vor die Brust. Er taumelte, versuchte, da der andere, Maldini hatte sich abgewandt, immer nur Geld forderte, Dahlhaus versuchte zu erklären, daß es nicht seine Gewohnheit sei, größere Beträge bei sich zu haben, und er verlangte, es war ein letzter Versuch, den anderen aufzuhalten, daß man das Fräulein Mühlbauer rufen sollte. Dann wurde er niedergeschlagen. Es waren kurze, heftige Schläge nicht mit den Fäusten, sondern mit dem Ellbogen. Dies sah Dahlhaus noch, bevor er das Bewußtsein verlor.

26

Dahlhaus hatte Prellungen und Platzwunden am Kopf erlitten, so daß es nötig gewesen war, ihn ins Krankenhaus zu fahren, und obwohl Kippenberger darauf drängte, ihm endlich zu sagen, wie es zu dieser Verletzung hatte kommen können, Dahlhaus schwieg. Es war ein unheimliches Schweigen, vielleicht, weil er, den Kopf bis zum Kinn verbunden, besonders aufrecht dasaß. Unverkennbar, daß er versuchte, sich eine Haltung zu geben, und als Kippenberger vorschlug, Lore zu verständigen, machte er eine abwehrende Bewegung mit der Hand.

Aber Kippenberger hatte längst mit ihr telefoniert, und selbstverständlich holte er sie Stunden später vom Flughafen ab. Sie war sehr besorgt, wollte nicht glauben, daß Dahlhaus sich weigerte, über das Vorgefallene zu sprechen.

»Von wo aus hat er sich gemeldet?«

»Aus dem Friseurladen Hagenstraße Ecke Koenigsallee«, antwortete Kippenberger.

Wenig später saß Lore am Bett ihres Mannes.

»Es wird nötig sein, ihn einige Tage zu beobachten«, sagte der Arzt, verließ das Zimmer, und da sich auch Kippenberger auf den Flur zurückgezogen hatte, war das Ehepaar für einige Minuten allein. Lore berührte Dahlhaus sanft am Handgelenk.

»Was es auch immer war, du weißt, ich bin nie neugierig gewesen«, sagte sie und wartete darauf, daß er diese Bemerkung nicht hinnehmen würde und daß er aus Trotz oder gekränktem Stolz doch noch sagen würde, was mit ihm geschehen war.

Aber auch jetzt, wie vorhin Kippenberger gegenüber, sprach Dahlhaus kein einziges Wort und dieses Schweigen wirkte derart unwiderruflich, daß Lore versucht war, ihn allein zu lassen. Nach einer Weile saß sie immer noch da. Sie hatte die Beine übereinandergeschlagen, zog eine Zigarette aus der Handtasche, die sie nicht anzündete, weil ihr einfiel, daß das Rauchen im Krankenzimmer verboten war, und während sie die Zigarette zwischen den Fingern hin- und hergleiten ließ, sahen beide aus dem Fenster, als wollten sie die unausgesprochene Rücksicht, wie sie es immer getan hatten, auch für dieses Mal gelten lassen.

In der Woche, in der sie die Praxis wieder eröffnen wollten, Dahlhaus hatte sich erholt, man hatte den Kopfverband entfernt, er trug ein längliches Pflaster an Schläfe und Stirn, unübersehbar, daß sich die Prellungen unter dem Auge zu verfärben begannen, in der Woche, in der sie beschlossen hatten, ihren Urlaub zu beenden, sah Lore vom Fenster aus, wie Dahlhaus neben der Mülltonne stand und einige Papiere mit dem Feuerzeug in Brand setzte. Was es genau war, konnte sie auf die Entfernung hin nicht erkennen, und sie spürte, wie schwer es ihr fiel, ja, wie unmöglich es war, diesem Vorgang zuzusehen und daß Dahlhaus ihr immer noch zumutete, keinerlei Fragen zu stellen.

Auf den Spaziergängen ließ sie ihn nicht allein, schon deshalb nicht, weil er darauf bestand, den Umweg über die Koenigsallee zu gehen, und wenn sie an dem Friseurladen vorbeikamen, hätte sie gern die Straßenseite gewechselt. Aber er, Dahlhaus, ging völlig ungerührt an eben jenem Ort, an dem er die erste Hilfe erhalten hatte, vorbei, und so war es auch, wenn sie die Treppe zur Höhmannstraße passierten.

Nur einmal, sie hatten den Grunewaldsee umwandert, waren an den feuchten Niederungen vorbeigekommen, nur einmal, als sie die kleine Holzbrücke hinter sich hatten, es war dunkel, sie gingen den geschotterten Weg entlang, nur einmal schien Dahlhaus zu zögern.

»Hast du übrigens bemerkt, daß der Mond, wenn man um den See geht, zuletzt seitenverkehrt aufscheint?« fragte er.

Lore gab keine Antwort. Als sie zu Hause waren, sagte Dahlhaus, er hätte jetzt Appetit auf ein Bier, so daß sie wieder loszogen, um in dem Lokal an der Ecke etwas zu trinken.

In der Teplitzer Straße riß man das Pflaster auf. Unüberhörbar das Quietschen der Bagger und das An- und Abfahren der Lastwagen, die die aufgeworfene Erde abtransportierten. Und da war auch noch das Rattern der Preßlufthämmer, so daß Lore, aber auch Dahlhaus plötzlich voller Sorge waren, daß sie in Zukunft nachts nicht würden schlafen können und daß es ihnen also schwerfallen würde, sich auch weiterhin so gewissenhaft, wie sie es gewohnt waren, um ihre Patienten zu kümmern.

Bitte beachten Sie auch
die folgenden Seiten

Hartmut Lange im Diogenes Verlag

Die Waldsteinsonate

Fünf Novellen

Novellen, die vom Zustand jener Unglücklichen erzählen, denen das Bewußtsein ein besonderes Verhängnis war. Novellen über Friedrich Nietzsche, die Goebbels-Kinder, Heinrich von Kleist und Henriette Vogel, den Nihilisten Alfred Seidel und über eine Jüdin und einen SS-Mann, ihren Mörder.

»Die Novellen dieses Bandes zählen ohne Zweifel zu den wenigen Höhepunkten der deutschen Literatur nach 1945. Gerade die extremen Stoffe zeigen, daß der Staub der Zeit abgestreift sein muß, wenn das Wagnis des Vollkommenen gelingen soll.«
Deutsche Monatshefte, München

Die Selbstverbrennung

Roman

»Selten fällt es in einer Prosaarbeit so leicht, sich die Menschen in ihren Aktionen und Reaktionen leibhaftig vorzustellen. Doch dies erhöht eher die Leselust, die Lange durch schön konstruierte Satzperioden von kleistscher Architektur noch erhöht. Durch sie gewinnen die Figuren Plastik und lebendige Kontur.«
Stuttgarter Zeitung

Das Konzert

Novelle

»Der Leser erfährt bereits im ersten Satz des Buches, daß es unter den Toten Berlins spielt. Alle Gäste des Salons Altenschul sind ermordete Juden, denen der

Autor für die Dauer seiner Novelle ihre frühere Existenz zurückgegeben hat. Hartmut Lange hat durch seine stilistische Zurückhaltung alle Einwände, daß ein Buch mit einem solchen Thema nur mißlingen kann, überzeugend widerlegt.«
Frankfurter Allgemeine Zeitung

Tagebuch eines Melancholikers

Aufzeichnungen der Monate
Dezember 1981 bis November 1982

»Langes Buch wirkt auf mich wie ein End- und Spätzeitprodukt, ein Buch des Abschiedes, in dem sich noch einmal ein Denken kristallisiert, das durch die europäischen Denktraditionen zugleich befähigt wie beschränkt ist. Und die daraus herrührende, eingangs erwähnte Ambivalenz schafft beim Lesen just jenes Moment der Anregung zum Widerspruch, das ein notwendiges und empfehlenswertes Buch auszeichnet.« *Günter Kunert / Die Zeit, Hamburg*

»In diesen Aufzeichnungen von 1981/82 präsentiert sich Hartmut Lange als ein nachdenklich betrübter Deutscher, der im Blick auf Nietzsche, Schopenhauer, auf Alteuropas Bildungswelt die heutige karge Szenerie des ›Geisteslebens‹ besieht.
Ein Mann denkt über deutsche Krisen heute nach. Sehr verhalten besonnen, ein Melancholiker mit Maß.«
Friedrich Heer / Die Furche, Wien

»Eines seiner wichtigsten Bücher.«
Hans Christian Kosler / Neue Zürcher Zeitung

Die Ermüdung

»Gewiß, es ist auf den ersten Blick ein höchst altmodisches Buch, es ist aber auch sehr sympathisch, wie Lange sich fern hält von den Wühltischen billiger, greller Gefühle. *Die Ermüdung* ist eine kleine Kostbarkeit in einem von Lärm nicht gerade verschonten Gewerbe.« *Die Weltwoche, Zürich*

»Lange hält sich an die Gebote und Verbote der großen Erzähler. Er will wie Čechov, wie Conrad, wie Fontane weder kommentieren noch analysieren, auch nicht urteilen. Seine Sprache verzieht keine Miene. Sie ist streng, lakonisch, gläsern. Sie erzeugt Atmosphäre, Spannung, Wohlgefallen.« *Kultur-Chronik, Bonn*

Vom Werden der Vernunft

und andere Stücke fürs Theater

Die Dramen dokumentieren einen doppelten Abschied: Ausgehend vom Hegelschen Rationalismus und Karl Marx' Sozialutopie, enden sie in der Melancholie über das Verschwinden jeder Vernunft und beschwören die Erinnerung an jene Gesellschaft, deren erklärter Gegner Lange war: an den märkischen Adel und an das Spätbürgertum.

»Lange ist fähig, Gedanken zu kritisieren, ohne dabei den Menschen, der sie äußert, zu verurteilen – es ist die kostbare Fähigkeit der Komödienschreiber.«
Frankfurter Allgemeine Zeitung

Die Wattwanderung

»In dieser schönen, ansaugenden Erzählung wandelt ein Doppelgänger von Büchners ›Lenz‹. Mit der *Wattwanderung* hat er sich eine Glaubenskrise von der Seele geschrieben und ein Zeitgefühl erfaßt. Der Ex-Marxist Lange traut Welterklärungsmodellen nicht mehr. Vernunft versagt vor dem ›Unheimlichen‹, ›Ungefähren‹, Chimärenhaften, dem Völlenklee ausgesetzt ist. Darum will der Sonderling auf den ›Grund des Meeres‹ steigen, das ist, frappantes Bild, das Watt, das Unheimliche und Ungefähre an sich. Mit seiner spröden, den Vorbildern Kleist und Büchner folgenden Sprache hält Lange seinen Weltschmerzensmann in kühler Distanz; keine neue Weinerlichkeit kommt auf, eine ungerührte Vivisektion findet statt, ›erbarmungslos‹ wie die Weite des Watts, in der sich Völlenklee schließlich verliert.« *Der Spiegel, Hamburg*

Die Reise nach Triest

Novelle

Die Reise nach Triest ist nach *Die Ermüdung* und *Die Wattwanderung* der Schlußpunkt der Berliner Novellen-Trilogie.

»Ein spannendes Buch mit großer psychologischer Intuition, erzählt in einer knappen, fast lakonischen Sprache, die ohne jedes Pathos auskommt.«
Rheinische Post, Düsseldorf

Die Stechpalme

Novelle

Manfred Eichbaum, Verleger von Kunst- und Fotobänden, erhält anonyme Briefe. Der Verfasser kennt sich sehr gut aus in Eichbaums Leben, privat wie beruflich. Eichbaum, der seit fast einem Jahr an einem gebrochenen Schienbein laboriert, wird zunehmend verunsichert. Wer steckt hinter diesen Briefen?

»Wieder einmal hat Hartmut Lange ein novellistisches Meisterwerk vorgelegt. Dieser Autor versteht es (beinahe einzigartig), die kleinen Katastrophen im menschlichen Alltag zu sezieren und die großbürgerlichen Wohnstuben mit Halogenstrahlern auszuleuchten. Kaum ein anderer zeitgenössischer Autor schreibt so konstant auf hohem Niveau. Ein literarisches Juwel.«
Deutsches Allgemeines Sonntagsblatt, Hamburg

Schnitzlers Würgeengel

Novellen

»Mit Harmut Langes stilistisch meisterhaften, abgründig schrecklichen Novellen hat der Leser Anteil an jener Hoffnung auf eine Veränderung in der Welt, die uns, wie Walter Benjamin sagt, nur um der Hoffnungslosigkeit willen gegeben ist.« *Die Woche, Hamburg*

»...eine heute seltene Meisterschaft. Literatur gegen den Lärm des Zeitgeistes.«
Westdeutsche Allgemeine Zeitung, Essen

Der Herr im Café

Drei Erzählungen

Ein Schriftsteller, eine Schauspielerin und eine Sängerin sind die Hauptfiguren dieser drei Erzählungen, in denen Lange sich wie in allen seinen Texten einen Schritt außerhalb des gewohnten Raumes und der gewohnten Zeit bewegt – jenen Schritt außerhalb, der ihn zum hellwachen Beobachter des Alltäglichen wie des Geheimnisvollen macht.

»Die Erinnerung an das verblichene Genre der Künstlernovelle spukt durch die drei neuen Erzählungen von Hartmut Lange, deren Reiz darin liegt, daß sie den Anschein erwecken, sich nostalgisch dieser Erinnerung hinzugeben, während sie versteckt mit ihr spielen.«
Süddeutsche Zeitung, München

Bernhard Schlink im Diogenes Verlag

Der Vorleser

Roman

Eine Überraschung des Autors Bernhard Schlink: Kein Kriminalroman, aber die fast kriminalistische Erforschung einer rätselhaften Liebe und bedrängenden Schuld.

»Ein Höhepunkt im deutschen Bücherherbst. Eine aufregende Fallgeschichte, so gezügelt wie Genuß gewährend erzählt. Das sollte man sich nicht entgehen lassen, weil es in der deutschen Literatur unserer Tage hohen Seltenheitswert besitzt.«
Tilman Krause/Tagesspiegel, Berlin

»Ein genuiner Schriftsteller kommt hier ans Licht. Nach drei spannenden Kriminalromanen ist dies Schlinks persönlichstes Buch.«
Michael Stolleis/FAZ

»Der beklemmende Roman einer grausamen Liebe. Ein Roman von solcher Sogkraft, daß man ihn, einmal begonnen, nicht aus der Hand legen wird.«
Hannes Hintermeier/AZ, München

»Die Überraschung des Herbstes. Ein bezwingendes Buch, weil eine Liebesgeschichte so erzählt wird, daß sie zur Geschichte der Geschichtswerdung des Dritten Reiches in der späten Bundesrepublik wird.«
Mechthild Küpper/Wochenpost, Berlin

Selbs Justiz

Zusammen mit Walter Popp

Roman

Privatdetektiv Gerhard Selb, 68, wird von einem Chemiekonzern beauftragt, einem ›Hacker‹ das

Handwerk zu legen, der das werkseigene Computersystem durcheinanderbringt. Bei der Lösung des Falles wird er mit seiner eigenen Vergangenheit als junger, schneidiger Nazi-Staatsanwalt konfrontiert und findet für die Ahndung zweier Morde, deren argloses Werkzeug er war, eine eigenwillige Lösung.

»Selb, eine, auch in ihren Widersprüchen, glaubwürdige Figur, aus deren Blickwinkel ein gesellschaftskritischer Krimi erzählt wird.«
Jürgen Kehrer/Stadtblatt, Münster

»Selb hat alle Anlagen, den großen englischen, amerikanischen und französischen Detektiven, von Philip Marlowe bis zu Maigret, Paroli zu bieten – auf seine ganz spezielle, deutsche, selbsche Art.«
Ditta Rudle/Wochenpresse, Wien

1992 verfilmt von Nico Hofmann unter dem Titel *Der Tod kam als Freund,* mit Martin Benrath und Hannelore Elsner in den Hauptrollen.

Die gordische Schleife

Roman

Georg Polger hat seine Anwaltskanzlei in Karlsruhe mit dem Leben als freier Übersetzer in Südfrankreich vertauscht und schlägt sich mehr schlecht als recht durch. Bis zu dem Tag, als er durch merkwürdige Zufälle Inhaber eines Übersetzungsbüros wird – Spezialgebiet: Konstruktionspläne für Kampfhubschrauber. Polger gerät in einen Strudel von Ereignissen, die ihn Freund und Feind nicht mehr voneinander unterscheiden lassen.

Ausgezeichnet mit dem Autorenpreis der Kriminalautorenvereinigung ›Syndikat‹ anlässlich der Criminale 1989 in Berlin.

Selbs Betrug

Roman

Privatdetektiv Gerhard Selb sucht im Auftrag eines Vaters nach der Tochter, die von ihren Eltern nichts mehr wissen will. Er findet sie, aber der, der nach ihr suchen läßt, ist nicht ihr Vater, und es sind nicht ihre Eltern, vor denen sie davonläuft.

»Ebenso wie *Selbs Justiz* und der 1988 erschienene Band *Die gordische Schleife* bietet *Selbs Betrug* höchstes Lesevergnügen. Die Figur des Gerhard Selb kann gut und gerne in einem Atemzug mit Krimi-Detektiven wie Maj Sjöwalls und Per Wahlöös schwedischen Ermittlern um Martin Beck, mit Manuel Vázquez Montalbáns Katalane Pepe Carvalho und mit Jakob Arjounis Deutsch-Türke Kemal Kayankaya genannt werden.« *Thorsten Langscheid/Mannheimer Morgen*

»Es gibt wenige deutsche Krimiautoren, die so raffinierte und sarkastische Plots schreiben wie Schlink und ein so präzises, unangestrengt pointenreiches Deutsch.« *Wilhelm Roth/Frankfurter Rundschau*

Selbs Betrug wurde von der Jury des Bochumer Krimi Archivs mit dem Deutschen Krimi Preis 1993 ausgezeichnet.